HEX ME NOT

Édition française

A WICKED GOOD MYSTERY SERIES

LUCY MAY

DÉVOUEMENT

« Le destin nous donne les cartes, mais c'est nous qui les jouons et ce sont les subtilités qui font toute la différence. » –Arthur Schopenhauer

NOTE AUX LECTEURS

Chaque titre de la série Wicked Good Mystery peut être lu sans avoir lu les autres titres de la série au préalable. Cependant, vous rencontrerez des références à des événements survenus dans les histoires précédentes. Si vous souhaitez profiter pleinement de tout le mystère, la magie et le chaos, assurez-vous de lire les autres histoires !

CHAPITRE UN

MOIRA WICKED

Avec l'automne qui balayait le Maine, Charm Cove se parait de couleurs, les feuilles des arbres formant un éclatant décor de rouge, d'or, d'orange et de pourpre. L'automne était l'une des saisons les plus chargées pour Persnickety Potions & Gifts. Alors que je traversais le parc municipal un matin, savourant l'air vif, l'odeur du bois qui brûle et les magnifiques couleurs, j'ai croisé Beatrice Powers. Comme à son habitude, elle fonçait à travers sa boucle autour de la ville, laissant le reste de son groupe de marche rapide loin derrière elle, ses coudes volant et son allure bien au-delà de l'énergique.

Elle s'arrêta net en me voyant. — Moira Wicked. Comment allez-vous ? demanda-t-elle, ses yeux bruns pétillants et ses cheveux argentés coupés court scintillant sous le soleil matinal. Elle me faisait penser à un colibri, son énergie bourdonnante même quand elle restait immobile.

— Je vais bien, Beatrice. Et vous ?

— Excellente, excellente. J'ai entendu dire que vous avez repris Persnickety Potions & Gifts. Est-ce vrai ?

— Eh bien, toute notre famille en est propriétaire, mais en ce moment, Tante Lea a d'autres priorités, donc je m'occupe principalement de la gestion.

Principalement étant le mot-clé ici, vu que *toute* ma famille signifiait *beaucoup* de personnes, toutes très heureuses de partager leur opinion sur la façon dont les choses devraient être gérées. Ma mère et ma tante Lea étaient les deux plus susceptibles de me dicter comment gérer la boutique, mais elles me donneraient des ordres, qu'elles en aient l'autorité ou non. C'était un simple fait de ma vie. Mais je ne voyais pas l'intérêt d'entrer dans les détails avec Beatrice à ce sujet.

Beatrice hocha rapidement la tête, une expression d'inquiétude traversant son visage. — J'ai entendu parler de Lea. Dites-lui bonjour de ma part. Je l'ai encouragée à rejoindre mon groupe de marche. Je veux dire, ça ne peut qu'aider, n'est-ce pas ?

Je me mordis l'intérieur des joues pour ne pas rire. Essayer d'imaginer Tante Lea faire de la marche rapide, c'était définitivement difficile à concevoir. Elle était certainement en bonne forme et l'avait toujours été, mais elle n'était pas du genre à faire de l'exercice en groupe. Elle préférait ses randonnées solitaires et ce genre de choses. Elle adorait aussi nager. Tout l'été, elle faisait des baignades matinales dans l'océan.

Je me contentai de sourire et d'acquiescer. — Eh bien, vous savez qu'elle se maintient en forme. Je ne suis pas sûre que la marche rapide soit son truc, cependant.

Beatrice pinça les lèvres, posant une main sur sa hanche fine. C'était difficile à croire qu'elle avait plus de quatre-vingt-dix ans. Je supposais qu'elle était une publicité vivante pour la marche rapide. — Très bien. Si vous souhaitez nous rejoindre un jour, vous êtes également la bienvenue. Je passerai à la boutique plus tard car j'ai besoin de quelques articles.

Sur ces mots, elle repartit à toute allure, ses coudes se balançant tandis qu'elle se dépêchait de rattraper son groupe. Je poursuivis mon chemin, m'arrêtant chez Magic Beans. J'avais besoin d'un café avant de commencer ma journée à la boutique. La remarque de Beatrice à propos de Tante Lea persistait dans mes pensées. Elle continuait à faire l'aller-retour à Portland pour ses rendez-vous médicaux. Elle préférait ne pas trop en parler, mais elle insistait sur le fait qu'elle vaincrait le cancer du sein.

Les « chasseurs de feuilles » étaient en force à l'intérieur de Magic Beans, l'un des cafés les plus populaires de Charm Cove. Les tables étaient bondées, et il y avait une file d'attente plutôt longue, s'étendant presque jusqu'à la porte. « Chasseurs de feuilles » était le surnom amical donné aux nombreux touristes qui venaient spécialement en Nouvelle-Angleterre pour voir les couleurs automnales. Une fois que les feuilles commençaient à changer de couleur, le spectacle était magnifique et valait bien le déplacement.

Avec Charm Cove situé sur une route côtière du Maine, les chasseurs de feuilles la suivaient vers le nord pour admirer chaque ville pittoresque et profiter de la vue combinée des montagnes et de la mer. Nous étions juste au sud de la région de Bar Harbor et du célèbre parc Acadia. De nombreux touristes passaient quelques jours ici avant de s'y rendre.

Je pris ma place à la fin de la file, regardant autour de moi pour repérer des visages familiers. Malgré ma résistance initiale à revenir vivre ici, maintenant que j'y étais, je me souvenais de ce que j'aimais. Bien que j'aie apprécié mon séjour à New York, même quand je me faisais quelques amis et que je fréquentais des endroits familiers, les visages étaient toujours différents, avec tellement d'énergie qui circulait.

Ici à Charm Cove, même avec les chasseurs de feuilles qui encombraient Magic Beans, je voyais un mélange de visages familiers. Je respirai l'odeur du café frais et des pâtisseries, puis jetai un coup d'œil à ma montre, me demandant si j'avais assez de temps pour prendre mon café et ouvrir la boutique à l'heure. Ce serait juste, mais je pourrais probablement y arriver.

J'étais tranquillement dans la file quand quelqu'un chuchota mon nom derrière moi. En me retournant, je me retrouvai face à Opal Good. Avec Liam Good et moi qui nous fréquentions prudemment en essayant de rester discrets, je vivais des rencontres occasionnelles avec divers membres de nos familles élargies, tous excités à notre sujet et cherchant constamment des informations. Je me préparai à entendre la même chose de la part de la tante de Liam, Opal.

Opal était vêtue comme d'habitude d'un pantalon noir et d'un chemisier blanc. Ses cheveux argentés étaient enroulés en chignon, traversé par un porte-cigarette ancien en argent. Grande et mince, elle dut se pencher pour me chuchoter à l'oreille. — Quelqu'un s'est introduit chez nous la nuit dernière et a volé plusieurs objets. Avez-vous eu des nouvelles de votre mère ce matin ?

D'accord, ce n'était *vraiment* pas la salutation à laquelle je m'attendais. Les yeux écarquillés, je la regardai et secouai la tête. — Non, je ne lui ai pas encore parlé. Pourquoi demandez-vous ?

— Parce que je viens de raccrocher avec elle. Leur maison a également été cambriolée.

Oh, bon sang. Il n'y avait rien d'ennuyeux à Charm Cove.

— Qu'est-ce qui a été volé ? demandai-je, gardant ma voix basse tandis que la file avançait lentement. Je sortis mon téléphone pour découvrir que j'avais trois appels manqués de ma mère. Elle avait dû appeler pendant que je conduisais, et je n'avais pas pris la peine de vérifier depuis.

Opal me fixa du regard, plissant ses yeux bleus perçants. — Des choses importantes, fut tout ce qu'elle offrit.

Oh, pour l'amour du ciel. Elle déversait cette nouvelle et voulait rester vague. Je jurai silencieusement. — Savez-vous ce qui a été volé chez mes parents ?

Opal secoua rapidement la tête. — Non, mais je sais que c'étaient des choses importantes. Elle voulait que nous nous réunissions tous.

— Tous ?

Opal hocha la tête plutôt vigoureusement. — En plus de chez nous, quelqu'un s'est introduit dans le phare. Un Wicked ou un Good, comme vous le savez, a possédé le phare depuis sa construction. En conséquence, c'est l'un des rares endroits où nous avons une histoire partagée, et des objets importants y sont entreposés. Nous avons un problème.

À ce moment, quelques nouveaux clients entrèrent dans le café derrière elle, et Opal changea immédiatement de sujet. — À quelle heure ouvre la boutique aujourd'hui, ma chère ? J'avais prévu de passer.

Jetant un regard de côté, je vis une paire de touristes derrière nous. — Dans quinze minutes. Voulez-vous simplement m'accompagner jusqu'à là-bas ? demandai-je.

Opal acquiesça vigoureusement à nouveau, se mettant à bavarder sur la météo et les meilleurs endroits pour voir les feuilles. Après que nous ayons chacune pris notre café et que j'aie attrapé l'un de mes scones aux myrtilles préférés, Opal traversa le parc municipal avec moi.

Une fois entrées dans la boutique, j'inspectai rapidement les lieux. Rien ne semblait anormal à l'avant du magasin, mais quand je me rendis à l'arrière, je découvris un désordre. Quelqu'un avait fouillé dans les étagères de stockage où nous conservions les potions, les articles cadeaux et plus encore. Des bouteilles étaient brisées sur le sol, et tout était en désordre. Opal passa à travers le rideau de perles, sa bouche s'ouvrant un instant. — O-M-D, dit-elle.

Eh oui, parfois Opal parlait en acronymes. Bizarre, je sais. Acronymes mis à part, Charm Cove avait un cambrioleur en liberté.

CHAPITRE DEUX

Le soir même, les familles Wicked et Good se sont rassemblées au phare de Beacon's Charm, l'un des lieux cambriolés. Après la mise à jour d'Opal tôt ce matin, nous avons découvert l'ampleur des cambriolages : la maison d'Opal et de son mari, celle de mes parents, le phare, Persnickety Potions & Gifts, et The Ink Spot. Au total, cinq endroits avaient été ciblés – spécifiquement cinq lieux appartenant depuis des siècles à des familles de sorciers.

Nos familles respectives avaient décidé qu'il valait mieux tous se réunir en un seul endroit pour en discuter. Étant donné la façon dont les rumeurs se propagent comme un feu de broussailles par jour de vent à Charm Cove, mieux valait parler tous ensemble et ne pas laisser les commérages devenir trop fous. Ma meilleure amie, Zoé, m'avait appelée pour me faire savoir que les rumeurs couraient déjà partout. Le chef de la police était même passé chez Persnickety Potions & Gifts ce matin. J'avais demandé à mes cousines jumelles de venir m'aider à nettoyer et à déterminer ce qui avait été volé.

La boutique était tellement encombrée d'objets et d'articles, dont beaucoup imprégnés de magie, qu'il avait été difficile de déterminer ce qui manquait. Après avoir tout vérifié, nous avons pu constater que deux objets avaient disparu de l'espace de vente, deux baguettes magiques authentiques. Dans l'arrière-boutique, plusieurs potions avaient été volées, bien que je ne sache pas exactement lesquelles ni combien.

Après avoir garé ma voiture, je me suis arrêtée un instant pour contempler le grand phare. Peint en rouge avec des garnitures blanches, il se dressait sur un promontoire le long de la côte. Les vagues s'écrasaient contre la plage rocheuse à sa base, leur bruit montant et descendant au gré du vent qui soufflait de l'eau.

Ouvrant la porte unique au pied du phare, j'ai suivi l'escalier en colimaçon jusqu'au sommet. L'étage supérieur abritait une immense pièce circulaire avec une petite chambre à l'arrière. Le long des murs de la cage d'escalier, divers compartiments cachés existaient où des objets familiaux avaient été conservés depuis des siècles.

Ce phare avait été construit lorsque les Wicked et les Good avaient quitté Salem, Massachusetts, pour s'installer à Charm Cove, dans le Maine. Pour être précise sur l'histoire, lorsque les familles se sont installées ici, la ville s'appelait North Salem. Ce n'est que plus tard, pendant l'hystérie des procès des sorcières de Salem, que la ville a été incorporée sous le nom de Charm Cove. Les familles fondatrices ne voulaient pas de lien direct avec Salem.

À l'origine, les premiers gardiens du phare formaient le premier mariage entre un Wicked et une Good. Mais tout a basculé quand l'homme a eu une liaison. La légende raconte que le couple s'est livré à une dispute épique, qui a entraîné l'incendie de la forêt voisine et gravement blessé les deux protagonistes.

La querelle familiale a conduit la famille Good à déclarer que le phare leur appartenait. Au cours des trois siècles suivants, il a changé de mains plusieurs fois entre les familles. Les Wicked et les Good avaient conclu une sorte de trêve il y a environ deux siècles, selon la légende. Le phare est maintenant détenu en fiducie conjointement par les deux familles.

Nathan Good, le cousin de Liam, est actuellement le gardien du phare. Ma longue dissertation visait à préciser que ce phare contenait plusieurs siècles de magie provenant de deux puissantes familles de sorciers. Le phare lui-même fonctionnait grâce à la magie. Seuls les esprits anciens savaient exactement ce qu'il contenait, il serait donc difficile de savoir ce qui manquait. En arrivant en haut des escaliers, mon regard s'est posé sur une minuscule porte, pas plus grande que ma main, fracturée dans la cage d'escalier.

En regardant à travers le bois fendu de la petite porte antique, je n'ai vu qu'un espace vide creusé dans le granit. J'ai supposé que quelque chose avait été volé là. Atteignant le haut des escaliers, j'ai poussé la porte pour entrer dans la pièce principale du phare.

Une petite foule m'a accueillie. Mes parents étaient là, ainsi que tante Lea, oncle Jacob, tante Penelope, Opal Good, ma cousine Emma, Liam et ses cinq frères et sœurs et ses parents, Nathan, mes cousines jumelles Celia et Delia, et ainsi de suite. Il était rare de trouver tous les membres des familles Wicked et Good réunis au même endroit.

Même dans cette pièce spacieuse, nous la remplissions complètement. Quelqu'un avait jugé bon d'aligner des rangées de chaises pliantes en bois dans toute la pièce circulaire. Saluant les gens et les accueillant tandis que je me faufilais entre les chaises éparpillées, je me suis dirigée vers les fenêtres face à la côte. Je me suis arrêtée un moment, admirant la vue époustouflante sur l'océan.

Le phare se dressant fièrement sur les rivages balayés par le vent du Maine, l'océan Atlantique s'étendait jusqu'à l'horizon. Le ciel était gris aujourd'hui, l'océan d'une teinte plus foncée avec sa surface ridée par le vent qui soufflait à sa surface. Après avoir pris une profonde inspiration, je me suis retournée, prête à affronter cette réunion impromptue et à comprendre pourquoi tant de maisons magiques avaient été cambriolées la nuit dernière.

— Seule la bonne sorcière sait qui a fait ça, a déclaré Opal en chassant un cheveu invisible de ses yeux.

Tante Lea a soupiré de façon dramatique, levant la main et faisant tinter ses bracelets argentés. D'un mouvement du poignet, elle a soupiré à nouveau.

— C'est absolument ridicule. J'entends déjà dire que nous aurions dû savoir qu'une chose pareille arriverait un jour avec tous les objets magiques de valeur que nous possédons. Et ce, même de la part de personnes qui n'ont aucune idée de la puissance qu'elles détiennent.

Ma mère s'est penchée depuis quelques chaises derrière tante Lea.

— Ne dramatisons pas. Pas encore. Il pourrait simplement s'agir de vols mineurs.

Tante Penelope a pivoté sur sa chaise et levé les yeux au ciel.

— On ne peut pas savoir. Mais ça semble drôlement suspect que seules nos maisons et nos entreprises aient été ciblées. Personne d'autre en ville n'a été cambriolé.

Balayant la pièce du regard, j'ai essayé de décider où m'asseoir. Les yeux de Liam Good ont croisé les miens, m'invitant à prendre place à côté de lui. Bien que je sache parfaitement que beaucoup remarqueraient si je m'asseyais à côté de Liam, j'ai choisi de le faire quand même. Il représentait une voix de raison dans une pièce pleine de personnes enclines au drame.

Me glissant sur la chaise à côté de lui, j'ai jeté un coup d'œil de son côté.

— Qu'est-ce que j'ai manqué ?

Il a légèrement souri, les coins de ses yeux bleus se plissant.

— Pas grand-chose. Opal est prête à défier le monde entier. Pendant ce temps, ta tante Lea crache pratiquement du feu.

J'ai ri doucement, gardant ma voix basse pour répondre.

— Bien sûr, elles sont contrariées. Je le suis aussi. A-t-on entendu parler d'autres cambriolages depuis le dernier décompte ?

— Je ne pense pas. Il y a celui chez tes parents, chez Opal, ta boutique, The Ink Spot, et puis ici au phare.

— Comment quelqu'un a-t-il pu entrer ici ?

Puisque le phare avait un but pratique et nécessaire, des caméras surveillaient l'extérieur du bâtiment.

— Nathan était-il dans les parages quand c'est arrivé ?

Liam a secoué la tête.

— C'est arrivé la nuit dernière. Sa maison est de l'autre côté de la rue.

Opal s'est avancée à l'avant de la pièce, a frappé dans ses mains, attirant tous les regards vers elle. Comme d'habitude, elle portait ses cheveux tirés en arrière dans un chignon serré, et ses lunettes remontaient aux coins, lui donnant une apparence presque féline. Grande et mince, elle se tenait avec un air d'autorité.

— Tout le monde n'a pas pu venir, mais j'ai pensé que c'était le meilleur moyen pour nous de déterminer exactement ce qui a disparu et si les objets volés contenaient de la magie, a-t-elle annoncé.

Tante Lea a levé la main. Opal lui a donné la parole comme si nous étions dans une salle de classe. Liam a pouffé à mes côtés, et je lui ai donné un coup de coude.

— N'ose même pas me faire rire, ai-je chuchoté.

J'ai surpris l'éclat malicieux dans son regard quand j'ai tourné la tête vers lui. Oh, non. J'avais essayé d'être raisonnable concernant mon destin et toutes ces absurdités, mais c'était de plus en plus difficile. Liam et moi sortions définitivement ensemble maintenant, et nous ne nous cachions plus. Pourtant, chaque fois que je pensais au destin auquel j'avais tenté d'échapper, je soupirais intérieurement. C'était un peu lourd de penser que nous étions destinés à être ensemble pour maintenir la paix entre les Wicked et les Good.

En regardant autour de moi nos familles excentriques et impétueuses, j'ai dû me mordre l'intérieur des joues pour ne pas éclater de rire. La quantité d'amour et de pouvoir ici était un peu écrasante. J'avais perdu le fil de la discussion et j'ai forcé mon attention à se détourner de Liam.

— Plutôt que d'en faire une discussion publique, je pense que ceux d'entre nous qui ont été cambriolés devraient établir une liste et désigner une personne de chaque famille pour en discuter, disait tante Lea. De cette façon, pas trop d'informations ne circuleront.

Quelques murmures ont suivi, mais finalement, tout le monde acquiesçait. Nathan est arrivé sur ces entrefaites avec des pizzas pour tous. Je me suis retrouvée avec une boîte de pizza sur les genoux, Liam à mes côtés, et mes jeunes cousines jumelles, Delia et Celia, assises avec nous en pouffant de rire. Ayant largement repris Persnickety Potions & Gifts des mains de tante Lea, je passais beaucoup de temps avec les jumelles ces jours-ci parce qu'elles étaient mes principales employées.

Je les adorais. Elles avaient cet effet sur tout le monde. Je devais me prémunir contre leur charme car elles étaient toujours en train de préparer quelque espièglerie.

Tante Penelope a tiré sa chaise, se glissant à côté de moi.

— Alors, qu'est-ce qui a été volé dans la boutique ? a-t-elle demandé.

— Je croyais qu'on avait convenu de l'écrire ? Mes parents, Opal et Theo s'en occupent, non ?

Penelope a haussé un sourcil, levant les yeux au ciel.

— C'est ça, comme s'ils allaient résoudre ce problème. C'est un vrai méli-mélo. Je vais voir si je peux faire une méditation ce soir et regarder dans l'avenir.

Liam s'est éclairci la gorge, et je savais qu'il essayait de masquer un rire.

— À quoi bon regarder dans l'avenir ? Tous les cambriolages ont eu lieu la nuit dernière, a-t-il fait remarquer.

Tante Penelope était merveilleuse, aimante et un plaisir à côtoyer. C'était aussi une sorcière puissante, mais elle s'était vraiment plongée dans le mode de vie de l'amour libre et des drogues dans les années soixante et soixante-dix. D'après ce que j'ai entendu, elle a pris à peu près tout ce qu'elle pouvait, et en conséquence, cela a affecté ses pouvoirs. Ils étaient un peu déséquilibrés et bizarres.

Quand on était une sorcière ou un sorcier, on naissait avec ses pouvoirs, mais ils se développaient avec l'âge et l'apprentissage pour les affiner. L'adolescence et le début de l'âge adulte étaient simplement fous pour les sorcières et les sorciers. Avec les hormones en ébullition, parfois on était plus puissant qu'on ne le pensait, parfois moins. Pendant cette période propice à l'affûtage des pouvoirs, tante Penelope était occupée à prendre des drogues et à s'amuser. Elle avait le pouvoir de voir dans l'avenir, et parfois, ses visions étaient exactes, mais parfois, elles ne l'étaient pas.

Penelope a regardé Liam, levant les yeux au ciel.

— J'allais regarder dans l'avenir et voir qui serait tenu responsable. C'est comme ça que je saurais qui l'a fait maintenant.

Gardant une expression complètement sobre, j'ai hoché la tête.

— Ça me semble être une bonne idée.

Liam s'est à nouveau éclairci la gorge et a pris une bouchée de pizza.

Peu après, alors que notre réunion se terminait, Liam a descendu l'escalier en colimaçon avec moi. Avec un clin d'œil en s'arrêtant près de ma voiture, il a demandé :

— Chez toi ou chez moi ?

De façon pratique ou non, selon comment je le voyais, Liam louait un logement sur la propriété de ma famille. Il vivait à quelques pas de ma maison de voiture, ce qui nous facilitait les rencontres.

— Chez moi ? Je n'ai pas eu l'occasion de voir comment va Ghost depuis que j'ai fermé la boutique cet après-midi. Il doit être affamé.

— Ça me va. On se voit tout à l'heure.

— Je vais vérifier quelque chose avec ma mère avant de partir. Entre si je ne suis pas encore arrivée.

Il est monté dans sa voiture et s'est éloigné. Je me suis retournée, scrutant les environs pour voir si ma mère était déjà sortie du phare. Elle est apparue avec mon père juste au moment où je regardais.

Traversant à nouveau la rue, je les ai rejoints près de leur voiture.

— Alors, qu'est-ce qui a été volé chez vous ? ai-je demandé doucement.

Mon père et ma mère – Gabriel et Camille Wicked – étaient adorables ensemble. Ma mère était très belle avec ses cheveux argentés striés de noir et ses yeux vert vif. J'avais hérité de sa coloration bien que je sois certaine de ne jamais être aussi élégante qu'elle. Elle a ajusté son léger châle de laine rouge. Penchant la tête sur le côté, elle a glissé sa main sous le coude de mon père. Mon père avait l'air de sortir des pages de l'histoire. Il avait des cheveux argentés majestueux et des yeux d'un bleu éclatant. Bien que son visage soit buriné, il se tenait avec élégance. Il a jeté un coup d'œil à ma mère puis à moi.

Avant qu'il n'ait l'occasion de parler, ma mère est intervenue.

— Eh bien, deux de nos anciennes baguettes familiales ont été volées ainsi qu'un vieux grimoire. Et tu ne vas pas le croire, ils ont volé tout mon lot de confiture de fraises de l'été. Ils ont aussi volé ma liqueur de framboise. J'en avais fait deux caisses à distribuer pendant les fêtes. Je sais que c'est dans longtemps, mais je ne pourrai pas en refaire car la saison des baies est terminée. C'est incroyable, a-t-elle dit avec indignation.

Les baguettes qu'elle mentionnait étaient précieuses et puissantes, tout comme le grimoire. Personne dans ma famille ne possédait ces objets à des fins décoratives, comme c'était le cas pour tous les autres qui avaient été ciblés. Le vol de ses confitures et de sa liqueur me faisait me demander s'il s'agissait de quelqu'un qui la connaissait ou, du moins, qui connaissait ses incroyables confitures et liqueurs. Elle était légendaire pour la magie qu'elle pouvait créer avec les fruits.

Une rafale de vent a soufflé de l'océan, faisant tourbillonner mes cheveux. Ma mère a frissonné, et mon père a passé son bras sur ses épaules, la serrant contre lui.

— Partez avant qu'il ne fasse encore plus froid. Je vais commencer à me renseigner. Tout le monde passe par la boutique à un moment ou un autre, alors je serai à l'écoute. Demain, j'irai aussi à Enchanted Spirits. Rien de mieux que quelques verres pour délier les langues.

Sur le chemin de la maison, j'ai réfléchi aux implications potentielles des cambriolages. La question n'était pas simplement qui mais aussi pourquoi. J'espérais qu'une fois que nous aurions trié les différents objets manquants, nous obtiendrions quelques réponses.

Arrivée à la maison de voiture, j'ai franchi la porte d'entrée, tout à fait préparée à recevoir l'accueil habituel de mon chat, Ghost. Immanquablement, j'ai entendu un léger bruissement alors qu'il bondissait d'une étagère haut sur le mur, rebondissait sur mon épaule, puis atterrissait sur le sol. Se retournant pour me regarder, il a balancé sa queue d'avant en arrière sur le plancher de bois vieilli et brillant. Me penchant, j'ai passé mes doigts sur le dessus de sa tête, souriant quand son ronronnement a grondé dans sa poitrine et vibré contre mes doigts.

— Hé, Ghost. Comment ça va, mon pote ? ai-je proposé en guise de salutation.

Sa seule réponse a été de continuer à ronronner. Avec un dernier frottement de son menton contre mes doigts, il s'est précipité vers le coin, bondissant sur le rebord de la fenêtre où se trouvait sa gamelle.

Déposant mes clés sur la table près de la porte et posant mon sac à main sur le comptoir, j'ai contourné l'îlot dans la cuisine et ouvert l'armoire où je gardais sa nourriture. J'avais commencé à gâter Ghost maintenant que j'étais là depuis quelques mois. Il avait un approvisionnement régulier de nourriture sèche, mais je lui donnais aussi de la nourriture en conserve tous les matins et soirs.

Après lui avoir servi de la nourriture fraîche dans sa gamelle, je suis sortie sur la véranda arrière, regardant le ciel nocturne. Avant sa rénovation, cette vieille maison de voiture avait été une véritable remise à calèches. Située à une légère distance de la maison principale où vivaient mes parents, elle était située sur la propriété familiale perchée sur une falaise au-dessus de l'océan Atlantique. De là, sur la véranda, je pouvais entendre les vagues roulant vers le rivage, le son rythmique m'apaisant. Les étoiles étaient épinglées comme des diamants dans le ciel avec la lune qui se levait d'un côté et jetait un chemin scintillant sur la surface de l'océan.

Au bruit de pas dans l'herbe, j'ai jeté un coup d'œil, reconnaissant immédiatement la silhouette de Liam dans l'obscurité. Mon pouls a fait un petit bond.

CHAPITRE TROIS

Le lendemain matin, je me suis retrouvée dans un duel de regards avec Ghost. Même si Ghost était présent jour et nuit, je ne pouvais pas vraiment dire qu'il était mon chat car, à vrai dire, Ghost ne semblait appartenir à personne. Il n'obéissait certainement à personne. J'étais plutôt convaincue que c'était lui qui me possédait. Je veux dire, sérieusement, j'envisageais même de faire installer une chatière pour lui depuis la véranda arrière. À cet instant, il était assis sur le comptoir de la cuisine, les yeux rivés sur moi.

Ghost était un chat blanc absolument magnifique, son pelage si blanc qu'il en était presque lumineux. Par un tour du destin ou de la magie, ses poils longs et luxueux ne s'emmêlaient jamais et ne se salissaient jamais, même s'il courait librement dehors jour après jour.

— Ghost, on a déjà eu cette conversation, dis-je, rassemblant mon ton le plus ferme pour parler à un chat. Les yeux verts de Ghost restèrent fixés aux miens. Tu ne peux pas être sur le comptoir de la cuisine quand j'essaie de cuisiner.

C'était mon compromis. J'avais renoncé à le tenir éloigné du comptoir en permanence, mais je voulais pouvoir cuisiner en paix. Ghost avait d'autres idées. Il aimait s'asseoir près de la cuisinière et regarder les flammes de propane sous les brûleurs. En réponse à mon rappel, il se contenta d'agiter sa queue et reporta son attention sur le brûleur actuellement utilisé. Je soupirai et haussai les épaules.

Je soupçonnais Ghost de savoir qu'il avait plusieurs d'entre nous à sa disposition. Il passait le plus de temps avec moi, mais il allait aussi chez Liam et se promenait occasionnellement chez mes parents. Tout le monde gardait une réserve de nourriture pour lui, ainsi que des friandises. Pour tout ce que j'en savais, Ghost était peut-être un puissant sorcier emprisonné dans le corps d'un chat.

Après ma tentative infructueuse de discipliner Ghost, une perte de temps totale si j'étais honnête avec moi-même, j'éteignis le brûleur quand l'eau bouillit et me retournai pour remplir ma tasse de café avec un shot d'espresso et de l'eau chaude.

Au son d'un coup à ma porte, je criai :

— Entre !

Ma cousine Emma franchit la porte.

— Salut, je ne m'attendais pas à te voir ce matin.

Elle m'adressa un sourire éclatant.

— Je n'ai plus de café, dit-elle en se débarrassant de son coupe-vent pour l'accrocher au portemanteau près de la porte avant de traverser le salon pour s'asseoir en face de moi au comptoir. Je savais que tu en aurais, alors j'ai pensé venir faire un tour. Ses cheveux noirs étaient attachés en queue de cheval et ses yeux bleus brillaient d'éclat.

— Attends, j'étais justement en train de me servir une tasse. Je vais t'en préparer une.

En tendant la main pour prendre une tasse supplémentaire dans le placard de la cuisine, je parlai :

— Alors, qu'as-tu pensé de la grande réunion de famille d'hier soir ?

Emma rit.

— Tu sais que c'était l'idée d'Opal. Elle adore diriger les choses.

Tirant rapidement un autre shot d'espresso, je le versai dans sa tasse et la fis glisser sur le comptoir vers elle.

— Sers-toi pour l'eau et la crème, dis-je, en faisant un geste entre la bouilloire et la boîte de demi-crème sur le comptoir tandis que je m'asseyais en face d'elle.

Elle ajouta rapidement un peu d'eau et une touche de crème. Après une gorgée de café, je regardai Emma.

— Opal adore donner des ordres à des groupes de personnes. Je te jure, elle aurait dû être commissaire-priseuse ou quelque chose comme ça.

Emma éclata de rire.

— Oh, mon Dieu ! Ça aurait été le boulot parfait pour elle. Peut-être qu'elle devrait ouvrir une maison de ventes aux enchères et vendre des antiquités.

Riant avec Emma, j'abandonnai ma bataille silencieuse de volontés avec Ghost quand il sauta sur le comptoir pour saluer Emma. Elle lui frotta machinalement le menton tandis qu'il ronronnait à tout va. Jetant un regard de Ghost à moi avec un sourire narquois, elle demanda :

— C'est lui qui dirige cette maison, n'est-ce pas ?

— Ghost ne dirige pas seulement ma maison. Il dirige aussi celle de Liam et celle de mes parents. Nous avons tous de la nourriture et ses friandises préférées pour lui. Ça n'a pas l'air d'avoir d'importance que je le gâte pourri, il me saute quand même sur la tête chaque fois que je passe la porte d'entrée.

Emma gloussa, grattant le menton de Ghost tandis que son ronronnement vibrait.

— En parlant de Liam, comment ça se passe ?

Avec le poids de quelques siècles d'attentes familiales sur moi concernant mon *destin* d'épouser Liam, je ne parlais pas beaucoup de lui, sauf avec Emma et mon amie Zoé. Tous les autres proches de ma famille avaient une opinion bien établie selon laquelle Liam et moi devions nous dépêcher. Bien que j'étais contente d'être rentrée et heureuse de le revoir, cette pression m'irritait. Rencontrant son regard bleu clair, je haussai les épaules.

— Ça va.

— Allez, tu dois me donner plus que ça. J'ai vu sa voiture ici hier soir en rentrant, protesta Emma.

— D'accord, ça va peut-être mieux que bien. Je pris une autre gorgée de café, tapotant du bout des doigts sur le comptoir. En fait, c'est vraiment bien. J'ai l'impression qu'on est en train de retrouver ce qu'on avait avant. Sauf que maintenant, on est tous les deux un peu plus âgés et plus sages. Le truc, c'est que passer à l'étape suivante me stresse complètement pour une raison quelconque.

Le regard taquin d'Emma devint sérieux.

— Qu'est-ce que tu veux dire ?

— Essaie d'avoir toute ta famille plus la sienne qui pense que nous sommes destinés l'un à l'autre. Ce n'est pas si facile. Je veux dire, et si on franchit la prochaine étape, qu'on se marie, et que les choses ne sont pas toutes parfaites ?

Emma leva les yeux au ciel.

— Ce n'est pas que je ne comprends pas. C'est définitivement une pression. Si tu ne l'as pas déjà entendu, ils ont tous convenu de ne pas vous parler de ça.

— Tu es sérieuse ? demandai-je, manquant de recracher la gorgée de café que je venais de prendre.

Emma sourit et hocha lentement la tête, prenant une gorgée de son café.

— Oh que oui. Ils ne m'ont rien dit, mais j'ai entendu ma mère parler à ta mère et à Opal à ce sujet. Opal a promis de parler à la mère de Liam. Elles ont dit qu'elles ne voulaient pas accidentellement se mettre en travers de votre chemin en vous mettant la pression.

Levant les yeux au ciel, je secouai la tête.

— Bien sûr, comme si elles pouvaient effacer des années de

pression. M'arrêtant, je considérai Liam un instant – ses cheveux noir de jais, ses yeux bleu glacier, et la façon dont mon ventre faisait des bonds chaque fois que son regard s'assombrissait.

Ce n'était pas que je n'aimais pas Liam. J'étais tombée si follement amoureuse de lui quand j'étais plus jeune que j'avais eu une crise de jalousie qui avait conduit à une chaîne d'événements ayant abouti à un bâtiment incendié. Encore aujourd'hui, j'adressais une prière de remerciement aux sorcières, aux sorciers, aux déesses et aux dieux, ou peut-être au destin qui était intervenu pour s'assurer que le bâtiment que j'avais accidentellement enflammé avec un sort de colère était vide.

Mon estomac grogna à ce moment-là.

— Tu veux aller en ville pour prendre un petit-déjeuner ? demandai-je.

— Autant j'adorerais, autant je dois aller travailler, dit Emma. Emma aidait à l'entreprise de gestion immobilière de ma mère.

— Je comprends. Je n'ai pas vraiment le temps de faire quoi que ce soit sauf prendre quelque chose à emporter de toute façon. J'ai un mug de voyage supplémentaire pour ton café si tu veux l'emporter, proposai-je.

— Ce serait parfait, dit Emma pendant que j'attrapais deux mugs de voyage dans mon placard, puis remplissais nos cafés.

Nous sommes sorties ensemble, une rafale de vent faisant voler les feuilles à travers la cour. Faisant un signe d'adieu à Emma, je montai dans ma petite voiture à hayon et me dirigeai vers la ville. L'automne à Charm Cove était magnifique et charmant. La route de ma maison de cocher jusqu'à la ville longeait la côte. D'un côté, l'océan Atlantique s'étendait à perte de vue. Le littoral rocheux du Maine était splendide contre le ciel bleu vif. De l'autre côté, un mélange de maisons historiques et d'arbres d'automne offrait un kaléidoscope de couleurs en arrière-plan – orange riche, pourpre profond et jaune flottant dans la brise.

La circulation dans les rues étroites du centre-ville de Charm Cove me ralentit quand j'arrivai dans la partie centrale de la ville. Les touristes qui passaient pour regarder les feuilles et s'arrêter pour faire du shopping emplissaient chaque petite ville le long de la côte du Maine à cette période de l'année. Après m'être garée, je fis le tour du magasin pour traverser la rue et prendre quelques pâtisseries chez Magic Beans. J'avais déjà mon café, mais j'avais besoin de quelque chose de substantiel pour tenir toute la matinée.

Magic Beans était bondé de touristes et de locaux. En attendant dans la file, je saluai quelques amis et connaissances et me demandai si j'avais coupé un peu trop juste pour arriver à temps au magasin. Non pas que je devais rendre des comptes à qui que ce soit d'autre que moi-même, mais je préférais ouvrir à l'heure.

Quand je suis arrivée en tête de file, Sarah Glen, l'une des habituées qui tenait le comptoir ici, me regarda avec un sourire.

— Bonjour, Moira. Un café ? demanda-t-elle.

— Non merci, j'ai pris le mien à la maison. Je prendrai un scone aux myrtilles et un tourbillon au jambon et au fromage. Réchauffés, s'il vous plaît.

Sarah hocha la tête, m'encaissant rapidement. Avant que je ne m'éloigne, elle se pencha vers moi et baissa la voix.

— Je ne sais pas si vous avez entendu, mais quelqu'un est encore entré par effraction à The Ink Spot hier soir.

Je la regardai, haussant un sourcil.

— Vous êtes sérieuse ?

Elle hocha vigoureusement la tête.

— Oui. Ils ont déjà appelé la police. Il ne semble pas que quoi que ce soit ait été volé, mais ils ont fouillé dans un tas de leurs archives à l'arrière. Ils gardent des archives de tout ce qu'ils ont imprimé depuis l'ouverture de l'établissement. Vous savez, il y a plus de trois cents ans.

La personne derrière moi dans la file s'éclaircit la gorge. Sarah se redressa, me lançant un dernier regard significatif. Je ne savais pas ce qu'elle pensait que je ferais, mais c'était certain que j'allais me renseigner.

Dès que mes pâtisseries furent prêtes, je me précipitai vers Persnickety Potions & Gifts.

———

Plus tard cet après-midi, j'aidais une cliente à faire un choix parmi notre variété de bijoux artistiques. Cette cliente cherchait un bracelet à breloques pour sa fille. Nous obtenions nos bracelets à breloques d'un bijoutier de la région de Portland. Ce bijoutier particulier était devenu bien connu, en grande partie grâce à notre magasin. Il ne savait pas que nous imprégnions de vraie magie chaque bracelet à breloques qu'il fabriquait après son arrivée dans notre boutique.

Mon propre bracelet à breloques, que j'avais dépoussiéré après l'avoir caché pendant quelques années, tintait doucement tandis que je soulevais un bracelet de la vitrine pour le montrer à la femme.

— Oh, mon Dieu, je pense que celui-ci est parfait. Le bracelet en question avait une série de petites breloques en argent qui étaient des répliques miniatures de livres. Ma fille adore lire, donc c'est tout simplement parfait. C'est comme s'il avait été fait pour elle, ajouta-t-elle.

— Excellent. Voulez-vous que je vous l'emballe ? demandai-je.

À son signe de tête, je me détournai soigneusement, tenant le bracelet dans ma main. J'allai derrière le comptoir et appelai les jumelles.

— Les filles, nous avons besoin d'emballer un bracelet.

Delia passa sa tête à travers le rideau de perles depuis l'arrière-boutique.

— Je m'en occupe, dit-elle.

En tendant le bracelet à Delia, je me retournai pour encaisser la femme. Pendant que je faisais cela, je sentis un picotement descendre le long de ma colonne vertébrale, puis une étrange explosion de couleur clignota dans le coin arrière du magasin. Je contournai rapidement le comptoir, me dirigeant directement vers le coin pour enquêter. Quelques clients s'y tenaient, tous avec de grands yeux et la confusion imprimée sur leurs visages. L'un d'eux tenait une baguette à la main. Les baguettes « magiques » que nous vendions étaient principalement destinées à n'être que des jouets. Pourtant, cette baguette était tordue dans une forme étrange. Franchement, si une baguette pouvait être ivre, celle-ci l'était.

— Oh, mon Dieu, dis-je, essayant de garder un ton à la fois calme et inquiet. Qu'est-ce qui s'est passé ?

La dame avec la baguette d'apparence ivre dans sa main la leva. L'extrémité pointue s'était fendue en deux.

— Tout ce que j'ai fait, c'est la prendre, et puis elle a lancé des étincelles roses, expliqua-t-elle. J'ai entendu dire que ce magasin était spécial, et il y a ces rumeurs idiotes sur les filtres d'amour que vous vendez. Mais qu'est-ce que c'est ? Est-ce qu'elle a une pile dedans ?

Je pris soigneusement la baguette de ses mains, faisant comme si rien n'avait mal tourné.

— Certaines en ont. Celle-ci doit en avoir une, dis-je joyeusement. Je suis vraiment désolée que cela se soit produit.

Tout en parlant, j'ajustai mes mains, lançant rapidement un sort d'élimination en direction de tout ce qui se trouvait dans ce coin du magasin. Si cette baguette avait été imprégnée de magie, je devais m'assurer que tout ce qui se trouvait dans les environs avait sa magie supprimée, et le sort d'élimination ferait l'affaire. Je ne savais pas ce qui avait mal tourné, mais quelque chose n'allait pas. Celia se précipita pour me sauver en redirigeant rapidement les femmes vers une nouvelle sélection de bijoux.

Avec tout le monde efficacement distrait, je me dépêchai de retourner à l'arrière avec la baguette ivre à la main. Elle s'était fendue au centre, et chaque côté s'était recroquevillé de façon sauvage. Je pouvais facilement supposer que Celia et Delia avaient fait des tours, mais mon instinct me disait que ce n'était pas le cas.

D'un seul regard au regard large et surpris de Celia quand elle était venue, j'avais su que mon intuition était correcte. Quand elles faisaient quelque chose de vilain, elles ne pouvaient pas s'arrêter de glousser, mais en ce moment, elles avaient l'air toutes deux surprises et légèrement effrayées. Bien que Celia ait joué la décontractée quand elle était venue en avant, je pouvais dire qu'elle avait été inquiète. Avec tous les vols et la gigantesque réunion multi-familiale de l'autre soir, même elles étaient anxieuses et inquiètes.

CHAPITRE QUATRE

Après la fermeture du magasin ce soir-là, j'ai fait un signe d'adieu à Celia et Delia quand l'une de leurs amies est venue les chercher. J'ai verrouillé la porte derrière elles et me suis assurée que l'arrière était également bien fermé avant d'appeler Liam.

Il a répondu à la première sonnerie. —Salut, quoi de neuf ?

—Tu es encore au travail ?

—Je termine juste. Pourquoi tu demandes ? Je croyais qu'on avait déjà prévu de se retrouver à Enchanted plus tard.

Enchanted Spirits était un endroit où nous nous arrêtions souvent pour boire un verre et rencontrer des amis. Liam travaillait dans l'entreprise familiale. Il avait dirigé l'une de leurs branches d'investissement à Boston pendant quelques années, mais la gérait maintenant principalement à distance. Il aidait également à gérer les comptes du magasin de magie de leur famille, qui vendait surtout des produits de santé et de beauté. Beauty Bewitched était en fait dirigé par sa tante Opal.

—Eh bien, ai-je dit, en gardant ma voix basse même s'il n'y avait personne aux alentours. Quand j'étais à Magic Beans ce matin, Sarah m'a dit que The Ink Spot a encore été cambriolé la nuit dernière, et que quelqu'un fouillait dans leurs anciennes impressions qui datent de très longtemps.

—Elle savait autre chose ?

—Non, mais les Bishop l'avaient déjà signalé à la police. Donc il y a ça, et puis l'une de nos baguettes a eu une explosion rose aujourd'hui.

—C'était l'une des jumelles ? a demandé Liam, allant droit à la question évidente.

—Je suis presque sûre que non. Elles n'arrivent pas à s'empêcher de glousser quand elles font quelque chose, et elles avaient toutes les deux l'air effrayées. Elles ont aussi juré qu'elles n'avaient rien fait, et elles avouent toujours quand c'est le cas. La baguette s'est fendue en deux. Je te jure, on dirait qu'elle est ivre. J'espérais que tu pourrais passer au magasin avant que je parte pour voir si tu peux la réparer.

—Bien sûr. Donne-moi dix minutes. Et si je demandais à Jacob de nous rejoindre là-bas aussi ?

Son oncle Jacob pouvait détecter les sorts. —Bien sûr. S'il peut nous rejoindre ici, plus on est de fous, plus on rit.

Comme promis, dix minutes plus tard, Liam frappait à la porte arrière du magasin. En ouvrant la porte, je lui ai fait signe d'entrer, attendant quand j'ai vu Jacob marcher derrière lui à travers le parking. Une fois qu'ils étaient tous les deux à l'intérieur, j'ai verrouillé la porte et les ai immédiatement conduits à la table de travail à l'arrière où j'avais laissé la baguette cassée. Liam a commencé à la ramasser, mais Jacob a secoué la tête.

—Laisse-moi la tenir d'abord, Liam, a-t-il dit, son ton bas et autoritaire.

Liam et moi sommes restés silencieux pendant que Jacob tenait la baguette dans ses mains. —Où est-ce que c'est arrivé ? a-t-il demandé.

—Devant, près d'un des présentoirs. Venez, je vais vous montrer.

En les conduisant dans la partie commerciale du magasin, j'étais contente d'avoir éteint les lumières à l'avant. Nous avions juste assez de lumière des vitrines pour voir. Quelque chose se tramait définitivement dans le centre-ville de Charm Cove, mais je ne voulais pas que quelqu'un regarde à travers nos vitrines et voie ce que nous faisions.

Une fois arrivés au coin, Jacob s'est immobilisé et a fermé les yeux. Après un moment, il les a ouverts. —Un sort a bien été jeté sur celle-ci, mais ce n'est ni une sorcière ni un sorcier que je reconnais.

Les yeux de Liam ont rencontré les miens, s'élargissant légèrement, avant qu'il ne regarde Jacob. —Eh bien, si ce n'est pas quelqu'un que tu connais, que peux-tu nous dire ?

—C'est définitivement un homme. C'est tout ce que je peux vous dire. Je peux faire des recherches pour voir si je peux lier le sort à quelqu'un dans nos histoires. J'aurai besoin d'emporter la baguette avec moi à la bibliothèque familiale.

—Allons à l'arrière, ai-je dit doucement quand j'ai vu quelques touristes regarder à travers les vitrines.

Une fois que nous étions de nouveau hors de vue, Jacob a tendu la baguette à Liam. Liam avait le pouvoir rare de restaurer les objets magiques à leur état d'origine. La baguette s'était fendue presque jusqu'à sa base, chaque côté s'étant enroulé en spirales. Liam a fermé les yeux en tenant la baguette par l'extrémité. L'air autour de nous a commencé à bourdonner, prenant une teinte bleu-violet. Après un moment, nous avons regardé la baguette se redresser dans ses mains, le bois se ressoudant de lui-même.

Liam a ouvert les yeux et l'a rendue à Jacob. Jacob était techniquement un oncle pour chacun de nous. Mais ne pensez pas qu'il y avait un lien de sang entre nous, ce n'était pas le cas. Nos familles élargies avaient un mariage à chaque génération. Pourtant, lorsque le sort pour cela a été lancé, les deux familles étaient immenses avec de nombreuses branches sur les arbres. Alors que Liam appelait Jacob son oncle, il était en fait un oncle éloigné de quatre degrés environ. Ma tante Lea avait épousé Jacob, donc pour moi, c'était ce mariage qui nous liait. Des arbres généalogiques détaillés décrivaient les familles alambiquées, nos liens, et les pouvoirs respectifs détenus par différents membres de la famille.

Jacob a incliné la tête vers Liam et a soigneusement glissé la baguette dans la poche intérieure de sa veste.

—Tu as entendu quelque chose ? a demandé Liam, faisant référence aux multiples cambriolages.

Jacob est resté silencieux, puis a hoché la tête, à peine. — Nous essayons de rassembler tous les éléments. J'ai ta mère et Opal qui travaillent à retracer l'historique de chaque objet volé. Nous devons remonter la provenance jusqu'à l'origine. Y compris qui a rendu les objets magiques en premier, pourquoi, quand, et avec quel sort. Ça va prendre du temps.

—Sarah de Magic Beans m'a dit que The Ink Spot a de nouveau été cambriolé, mais elle ne savait pas si quelque chose avait été pris. Tu en as entendu parler ? ai-je demandé.

—Oui. J'ai parlé à Albert plus tôt. Il a précisé que rien n'avait été volé, mais quelqu'un a passé beaucoup de temps à fouiller dans leurs anciennes impressions d'il y a des centaines d'années. Enfin, je ne devrais pas dire qu'il est certain que rien n'a été volé. Aucun objet n'a été pris. Ça va lui prendre un certain temps pour déterminer si certaines de leurs anciennes impressions de nouvelles ont été volées. Ils ont encore chaque impression archivée depuis le début de l'entreprise. Étant donné qu'ils sont en activité depuis la fin des années 1600, ils ont beaucoup à examiner, a expliqué Jacob.

The Ink Spot avait été fondé quand nos familles étaient arrivées pour la première fois dans le Maine. Les Wicked et les Good étaient arrivés en premier, et plusieurs autres familles, dont les Bishop, avaient suivi. À l'époque, The Ink Spot avait fièrement envoyé des nouvelles sur l'hystérie puritaine concernant les sorcières dans le Massachusetts. C'était la seule entreprise en ville qui se trouvait encore dans son bâtiment d'origine, construit uniquement pour son objectif actuel d'imprimerie.

L'espace d'impression original était maintenant un petit musée, exposant son ancien équipement, mais l'imprimerie était toujours en activité. La partie plus moderne avait été ajoutée à l'arrière du bâtiment.

Jacob m'a jeté un coup d'œil. —Je vais l'emporter chez moi et voir si je peux retrouver ce sort, a-t-il dit, en tapotant sa veste. Comme mon père, Jacob avait tendance à avoir l'air d'être sorti des pages d'un livre d'histoire—habillé en pantalon et veston avec un air à l'ancienne.

Quand j'étais petite, j'étais convaincue que lui et mon père avaient des vestons magiques. Ils avaient toujours des choses dans les poches intérieures. Jacob et tante Lea représentaient le mariage prédestiné de la dernière génération entre un Wicked et un Good. Leur maison servait d'espace de stockage et de lieu de protection pour nos deux familles. Ils possédaient également une immense bibliothèque contenant des livres et des livres avec les histoires conservées des familles de sorcières.

Debout à côté de Liam, j'ai regardé Jacob partir, puis Liam m'a regardée. —J'ai vraiment besoin d'un verre. Et toi ?

—Laisse-moi juste m'assurer que tout est bien fermé, et ensuite nous irons.

À son signe de tête, je me suis dépêchée de retourner à l'avant, vérifiant trois fois les serrures et m'assurant que tout avait été rangé. J'ai jeté un sort sur la porte d'entrée, comme nous le faisions chaque soir. Par mesure de précaution et de protection, j'ai fait de même pour l'entrée arrière, puis j'ai traversé le parc municipal avec Liam en direction d'Enchanted Spirits.

Sa main a glissé dans la mienne alors que nous nous promenions le long des dalles d'ardoise traversant le centre du parc. L'air était vif avec l'odeur de fumée de bois et de baume qui flottait alors que nous passions près de l'énorme sapin baumier au centre du parc. J'ai pris une profonde respiration, l'expirant lentement. Malgré mon anxiété, je me suis légèrement détendue quand Liam a enveloppé sa main autour de la mienne. Sa poigne était forte et assurée.

Nous étions tous deux de retour à Charm Cove depuis

plusieurs mois maintenant et semblions enfin avoir retrouvé la camaraderie facile que nous partagions autrefois. Je savais ce que je voulais. J'aimais Liam, mais je n'étais pas tout à fait prête à faire tout le cirque du mariage. Parce qu'avec nous, tant de pression y était liée à cause de nos familles et de ce que nous représentions soi-disant. Dans le temps jadis—enfin pas jadis, des siècles pour être précise—deux des matriarches de nos familles respectives avaient lancé un sort destiné à durer pour l'éternité.

Les Wicked et les Good s'étaient battus l'un contre l'autre pendant un siècle entier à la suite d'un mariage qui avait mal tourné. Pour remédier à cette brèche entre les familles et aux perturbations qu'elle causait dans le monde magique, ces deux puissantes sorcières avaient jeté un sort qui décrétait qu'un Wicked et un Good se marieraient à chaque génération. Cette union entre les familles nous empêcherait de nous déchirer encore et encore. Pour que vous ne pensiez pas que nous étions comme des familles royales consanguines, nous étions si grands et dispersés que c'était presque impossible. Liam avait cinq sœurs et frères tandis que j'en avais quatre, et cela sans même parler des nombreux cousins dans les deux familles. C'était presque ridicule dans le monde moderne où la plupart des familles ont un ou deux enfants. Bref, je m'égare. Disons simplement qu'il y avait une petite pression sur Liam et moi.

Quand nous sommes entrés dans Enchanted Spirits, le bar était bondé de touristes venus admirer les feuilles d'automne et de locaux. D'un coup d'œil rapide, je n'étais même pas sûre que nous puissions trouver une table.

—Moira, Liam ! a appelé une voix.

En regardant autour, j'ai vu Emma nous faire signe dans le coin. Elle était dans un box avec Nathan, le cousin de Liam. Avec la main de Liam enroulée autour de la mienne, nous avons serpentés entre les tables pour rejoindre le box. Nathan est sorti de son siège et s'est déplacé de l'autre côté du box à côté d'Emma.

Emma a souri alors que je me glissais sur le siège en face

d'elle, ses yeux bleus pétillants. —Hé, je me doutais que vous passeriez par ici.

En me débarrassant de ma veste, je lui ai rendu son sourire. —Pourquoi pensais-tu ça ?

—Parce qu'on a tous besoin d'un verre, a-t-elle dit franchement.

Liam a ri, ses yeux croisant les miens. —Je sais que j'en ai besoin.

Notre serveuse, Rachel Ouellette, est arrivée au box. Les membres de la famille Ouellette partageaient presque universellement des cheveux blonds et des yeux bleus. Rachel correspondait au moule et affichait un sourire prêt à gonfler ses joues rondes alors qu'elle nous saluait. Nous avons tous commandé des bières et des hamburgers.

Après que Rachel se soit dépêchée d'aller chercher nos boissons et passer notre commande, Liam a jeté un coup d'œil à Nathan. —Des mises à jour depuis hier ?

Nathan a secoué la tête. —Nada. Je vais rester dans l'ancienne chambre à l'étage du phare pendant un moment. Ce n'est pas aussi confortable que ma maison, mais celui qui est entré l'a fait pendant la nuit, donc je suppose qu'ils ne s'attendent probablement pas à ce que je sois là.

—Tu penses qu'ils pourraient encore cambrioler ? ai-je demandé.

Emma a arqué un sourcil. —Eh bien, tu as eu cette étrange chose magique cet après-midi au magasin, et quelqu'un a encore cambriolé The Ink Spot.

Doux Jésus, les nouvelles se répandaient vite ici. Même si j'étais de retour à la maison depuis un moment maintenant, j'oubliais encore comment les ragots pouvaient se propager comme un feu de broussailles à travers la ville. —Où as-tu entendu parler de ce qui s'est passé au magasin ?

—Opal, a-t-elle offert avec un haussement d'épaules.

J'ai secoué la tête en roulant des yeux.

—Opal semble tout savoir d'une manière ou d'une autre, a proposé Liam avec un clin d'œil.

—Je sais, ai-je répondu, le poussant du coude. Comment a-t-elle découvert ça si vite ?

—Eh bien, tu sais comment ça se passe. Il ne faut que quelques minutes pour que le mot se propage, a rétorqué Emma avec un sourire. En parlant de propagation de nouvelles... Emma a posé ses coudes sur la table, baissant la voix. J'ai croisé Isobel en descendant ici. Tu sais qu'elle est curieuse comme tout.

Isobel Martin *était* curieuse. Isobel parlait aussi à absolument tout le monde. Elle n'avait absolument aucune compréhension du concept de tact. —Et ? ai-je demandé, faisant un geste circulaire avec ma main.

—Eh bien, elle pense que Sally et Rae ont quelque chose à voir avec ça, mais pour l'amour du ciel, je n'ai pas pu comprendre pourquoi, a ajouté Emma.

Nathan a roulé des yeux. —Isobel pense toujours qu'elle connaît le scoop. Je jure, la moitié du temps elle invente des conneries juste pour être au centre de l'histoire.

Liam a ri en s'adossant contre le siège, étirant son bras autour de mes épaules. —C'est vrai. Mais elle parle aussi à tout le monde, donc parfois elle a un temps d'avance.

—A-t-elle dit pourquoi elle pensait que Sally et Rae avaient quelque chose à voir avec ça ? ai-je demandé.

Emma a tambouriné du bout des doigts sur la table. —Parce qu'elle les a vues faire du shopping le soir des cambriolages. Je suis d'accord avec toi. Je ne trouvais pas que ça avait du sens.

—Exactement. Je veux dire, bon sang, elles sont juste en train de gérer le bazar après ce qui est arrivé avec Alvin. Le pauvre Daniel ne sait même pas comment les traiter légalement. Elles sont en période probatoire pour homicide involontaire.

Liam et Nathan ont tous deux ri. Tout compte fait, c'était complètement ridicule. Elles avaient accidentellement tué Alvin en lui jetant un sort de trébuchement par jalousie. Il était tombé dans une fontaine et s'était noyé. Après que la moitié de la ville eut été soupçonnée, il s'est avéré qu'Alvin ne pouvait pas garder son pantalon fermé et avait joué les jumelles l'une contre l'autre. Toute la situation avait porté l'idée d'un triangle amoureux à de nouveaux niveaux.

—Autant j'adore entendre les ragots d'Isobel, autant je suppose que ça ne tient pas la route. Mais ça ne veut pas dire que ça ne vaut pas la peine d'enquêter. Sally et Rae sont assez loufoques, ai-je ajouté.

—Eh bien, une chose sur laquelle tu peux compter avec elle, c'est qu'elle le dira à tout le monde donc... Les paroles de Liam se sont éteintes dans un rire. Tu vas être obligée de l'écarter quoi qu'il arrive.

—As-tu parlé à Zoe ? a demandé Emma.

Avant que j'aie eu la chance de répondre, Rachel est arrivée avec notre pichet de bière et un apéritif de bouchées de homard. Nous avons attendu qu'elle s'éloigne avant de nous jeter dessus. Après quelques bouchées et une gorgée de ma bière, j'ai croisé le regard d'Emma à nouveau. —Non. Je la verrai probablement demain. On est censées prendre un café ensemble. Je pense que ça donnera à Daniel le temps de faire quelques recherches.

—Est-ce que Daniel sait que Zoe est essentiellement notre source pour tout ce qui se passe dans ses enquêtes ? a demandé Nathan, faisant référence au fait que mon amie Zoe était mariée au chef de la police de Charm Cove, Daniel.

—Oh, oui, ai-je dit entre deux bouchées. Il arrête simplement de lui dire des choses quand il ne veut pas qu'elle les répète. C'est donnant-donnant cependant. Je veux dire, sans nous, il n'aurait peut-être pas découvert qui avait accidentellement tué Alvin. Il sait comment jouer sur les deux tableaux.

—C'est vrai, a ajouté Liam.

Pendant que nous mangions, Amber Ouellette est passée devant notre table, s'arrêtant pour dire bonjour. Elle était encore un peu contrariée que sa famille ait été soupçonnée pour quoi que ce soit dans le brouhaha de la mort d'Alvin. Ce n'était la faute de personne, mais ils avaient été soupçonnés à cause de toutes les propriétés qu'ils possédaient et du rôle d'Alvin dans le rezonage du terrain pour augmenter les impôts. Je me disais que la famille finirait par passer à autre chose. Bon sang, être une Wicked signifiait accepter que la moitié de la ville blâmerait ma famille pour n'importe quoi. La vieille querelle entre les Wicked et les Good s'était calmée deux siècles plus tôt, mais elle était légendaire, donc les habitants de la ville nous regardaient encore de travers quand quelque chose allait mal. J'avais appris à hausser les épaules, alors je pensais qu'Amber devrait apprendre la même leçon.

La conversation a continué, et je me suis laissée détendre, m'adossant dans le box et regardant la salle. Parfois, j'aurais aimé avoir l'un des pouvoirs de ma mère. Quand elle voyait quelqu'un, elle pouvait voir le passé. Enfin, en quelque sorte. Plus précisément, s'il s'agissait d'une sorcière ou d'un sorcier, elle pouvait voir s'ils cachaient quelque chose et pouvait dissiper tout brouillard qu'ils essayaient d'utiliser pour le dissimuler. Elle ne pouvait pas voir tous les détails spécifiques des événements récents, mais c'était suffisant pour être utile. Assise dans un bar bondé rempli de sorcières et de sorciers, je ne pouvais m'empêcher de me demander qui cachait quelque chose, et si cela avait un rapport avec la récente vague de cambriolages.

Plus tard dans la soirée, après que Liam m'a ramenée chez moi, il est entré avec moi pendant que je réfléchissais à ce que je voulais avec lui. Je pouvais être têtue. Je le savais sans aucun doute.

Je savais que j'étais têtue à propos de notre destin ou, plutôt, à propos des opinions de nos familles sur notre prétendu destin. Pourtant, même face à mes réserves, nous étions retombés dans la routine que nous avions avant que je ne fasse tout exploser avec un sort de colère.

Être avec Liam était à la fois facile et électrisant. Alors que nous nous tenions devant ma porte et que je levais les yeux vers ses yeux bleu glacé, observant les plans ciselés de son visage et ses cheveux noir de jais, mon cœur faisait ce drôle de petit tour. Ça arrivait chaque fois qu'il était près de moi.

Ses yeux ont rencontré les miens dans la lumière argentée de la lune. Puis sa tête s'est inclinée, ses lèvres rencontrant les miennes et envoyant une décharge brûlante à travers moi. Il y avait différentes sortes de magie, et j'expérimentais le pouvoir de nombreuses façons différentes.

Pourtant ceci—cette poussée brûlante de pouvoir entre nous—me rappelait que je tenais le destin entre mes mains. Du moins, c'est ce que tout le monde ne cessait de dire.

CHAPITRE CINQ

Le lendemain, je suis allée en ville comme prévu pour retrouver Zoé autour d'un café. Je l'ai trouvée assise à une table dans le coin du Magic Beans. Après avoir pris mon propre café et un scone aux myrtilles, je me suis installée à table en face d'elle.

— Bonjour, dit-elle, ses yeux marron pétillants et ses cheveux bruns bouclés tombant sur ses épaules. Avec ses joues rondes et ses taches de rousseur, elle avait un air joyeux qui s'amplifiait encore quand elle souriait.

— Bonjour. Alors, quoi de neuf ?

— C'est plutôt à moi de te demander ça. D'après la rumeur, il y a eu une réunion multi-familiale au phare l'autre soir.

Je retins un soupir. Non pas que ça me dérangeait que Zoé en parle, mais la vitesse fulgurante à laquelle les nouvelles circulaient à Charm Cove ne ralentissait jamais.

— De qui tiens-tu ça ? demandai-je.

— Daniel. Apparemment, Mme Smitty... tu sais, cette prof que les jumeaux n'aiment pas ? À mon hochement de tête, elle poursuivit : Bref, Mme Smitty a vu tout le monde entrer parce qu'elle habite juste à côté du phare.

— Ah. J'aurais dû m'en douter. Entre la maison d'Opal et Theo, celle de mes parents, le phare, notre boutique et The Ink

Spot, ça fait cinq cambriolages en une nuit. Tout le monde est nerveux parce que ce sont uniquement des objets de sorcellerie qui ont été volés. Qu'as-tu entendu d'autre ? Des nouvelles de Daniel ?

Zoé cassa un morceau de son scone et en prit une bouchée. Après une gorgée de café, elle me regarda. « Probablement pas plus que toi. Daniel, bien sûr, court partout en essayant de parler à tout le monde en même temps. Il préfère ne pas croire que c'est quelque chose de sorcier. Ça devient parfois agaçant. Je veux dire, je suis une sorcière, alors ce n'est pas comme si c'était mal. Tu ne croirais pas ce qu'il a dit l'autre soir, dit-elle en secouant la tête, s'arrêtant pour une autre gorgée de café.

— Quoi ?

— On parle enfin d'avoir peut-être des enfants. Il s'inquiète qu'ils aient des pouvoirs et que ça cause des problèmes. Il m'a dit hier soir que chaque fois qu'il a une enquête majeure, elle a quelque chose à voir avec des sorcières.

— Il est tombé amoureux d'une sorcière, alors ça ne peut pas être si terrible.

Zoé leva les yeux au ciel avec un soupir. « Je sais. Et il a des sorcières dans sa famille. Sa tante en est une.

— Ça doit être pénible pour lui de gérer des enquêtes. La dernière chose que je voudrais être à Charm Cove, c'est chef de police. Mêle la magie à une enquête, et c'est beaucoup plus difficile à démêler à moins d'être soi-même sorcier.

Zoé rit. « Il adore son travail. Je pense qu'il a tendance à se sentir dépassé quand il s'agit de trucs de sorcières. Il dit qu'il a toujours l'impression que les gens lui racontent des choses, au lieu de les découvrir par lui-même.

Terminant une bouchée de mon scone, je secouai la tête. « Ce n'est pas toujours le cas. Et puis, au moins, il croit en la magie. Je ne m'inquiéterais pas trop de ce qu'il a dit. C'est vrai que c'est un souci supplémentaire si vous avez des enfants avec des pouvoirs.

Zoé mordilla le coin de sa lèvre et acquiesça. « C'est vrai. Bref, qu'est-ce qui a disparu de la boutique ?

— Eh bien, puisqu'on parle de tout raconter à Daniel, deux baguettes et quelques potions ont été volées, ce que je lui ai dit. J'ai dû lui expliquer que je ne maîtrisais pas encore totalement l'inventaire, donc je ne sais pas exactement lesquelles ont été prises, juste qu'il en manque deux. Je dois parler à Tante Lea pour savoir comment on suivait l'inventaire des potions. Bon sang, on en a certaines qui datent de plusieurs siècles.

Zoé éclata de rire. « Je parie que Lea a tout sous contrôle. Elle donne l'impression d'être étourdie, mais elle est toujours très organisée.

— Ouais, si seulement je pouvais l'empêcher de débarquer pour faire des potions sur un coup de tête. Je repensai à la visite de Tante Lea à la boutique l'autre jour. Entrant en trombe par la porte d'entrée, faisant virevolter sa cape autour de ses épaules, elle avait déclaré qu'elle devait préparer rapidement un philtre d'amour, puis avait été horrifiée de voir que j'avais réarrangé les étagères du fond.

Comme elle luttait contre son cancer, nous la ménagions tous. Bien que pour être honnête, nous la ménagions déjà avant, donc ce n'était pas vraiment un changement.

— Comment va-t-elle d'ailleurs ? demanda Zoé. Je l'ai vue l'autre soir au Charm Café. Elle avait l'air aussi élégante que d'habitude mais un peu fatiguée.

— Je pense qu'elle va bien. Elle ne dit pas grand-chose, mais elle va faire sa chimio chaque semaine. Jacob est un meilleur baromètre. Tu sais à quel point elle l'adore. Il était au dîner chez mes parents l'autre soir, et pour la première fois depuis des mois, il avait l'air moins inquiet.

— Mon Dieu, j'espère qu'elle ira bien. Je ne peux pas imaginer Charm Cove sans Lea, dit Zoé.

Mon cœur se serra un peu. Parce que même si elle se mêlait de ma vie, j'adorais Tante Lea. Sans compter que je ne pouvais pas imaginer mes deux cousines − ses jumelles surprises, nées sur le tard, Celia et Delia, treize ans et pleines de malice et de bêtises − grandir sans leur mère.

Je bus lentement une gorgée de café. « Je pense qu'elle s'en sortira. Changeant de sujet parce que je ne pouvais pas supporter de m'appesantir là-dessus, je demandai : Alors, à part Daniel, le messager officiel de l'enquête, qu'as-tu entendu comme ragots sur les cambriolages ?

— C'est ça le truc. Personne ne semble savoir. On était au restaurant hier soir et même la serveuse posait des questions. Je veux dire, en dehors des familles de sorciers, tout le monde s'inquiète. Cinq cambriolages en une nuit. C'est dingue. Je veux dire, et si c'était juste une coïncidence que ce soit tous des endroits de sorciers ?

— J'en doute fortement. Ça ne ressemble pas à ça. Dans chaque endroit cambriolé, ils n'ont pas pris les objets les plus précieux. Les deux baguettes les plus puissantes que nous avions en vitrine n'ont pas été volées. On ne sait toujours pas tout ce qui manque. La plus grande préoccupation, c'est le phare. Celui qui est entré dans ce phare connaissait les lieux. Il a même trouvé certains des vieux espaces de stockage que personne n'avait vérifiés depuis des décennies. Nathan dort là-bas maintenant.

Les yeux de Zoé s'écarquillèrent. « Wow. Je me demande ce qu'ils voulaient.

Je haussai les épaules, l'inquiétude tournoyant dans mes pensées. « Qui sait ? Penelope a fait une liste de ce qui manque jusqu'à présent. Ils prévoient de retracer la provenance de chaque objet, magie comprise.

— Eh bien, on devrait aller parler avec Nathan.

— Tu crois ?

Zoé hocha fermement la tête. « Oh, oui. Ne te méprends pas, je laisserai les sorcières et sorciers plus âgés déterminer la valeur de tout et son histoire, mais voyons si on peut faire quelques recherches et comprendre qui aurait pu faire ça. Nathan a ce phare depuis cinq ans maintenant. Autant faire un peu de fouinagc là-bas.

— Ça me va.

La cloche tinta au-dessus de la porte, et je regardai machinalement dans cette direction pour voir un autre groupe de touristes. « Je dois aller à la boutique, dis-je en consultant ma montre. À quelle heure on se retrouve ?

— J'appellerai Nathan et je t'enverrai un texto.

— Est-ce que je devrais amener Liam ? demandai-je.

— Tu ne l'emmènes pas partout déjà ? répliqua Zoé avec un sourire malicieux.

Zoé aimait juste me taquiner à propos de Liam, ce qui était un soulagement bienvenu face à la pression de ma famille. « D'accord. On se voit là-bas. Fais-moi juste savoir quand.

CHAPITRE SIX

Cet après-midi-là, j'ai envoyé Celia et Delia travailler à l'avant tandis que je passais à travers le rideau de perles pour accéder à la zone de stockage à l'arrière d'Épargne-Moi Ton Sortilège. Les jumelles avaient fait un travail remarquable pour ranger l'arrière-boutique, et maintenant je devais déterminer quelles potions avaient été volées.

À ma demande, elles avaient aligné les rangées de flacons de potions par ordre alphabétique sur la grande table du fond. Je ne préparais pas souvent des potions, ou plutôt, je n'en avais pas préparé depuis des années. Ma mère, ma tante et toutes les générations plus âgées de sorcières en fabriquaient souvent à la maison. Pendant des années, tante Lea avait supervisé celles que nous vendions ici dans la boutique.

Elle *adorait* faire des potions, son enthousiasme créant un stock si massif que je n'imaginais pas avoir besoin d'en fabriquer beaucoup dans un avenir proche. Les bouteilles tintaient tandis que je vérifiais les étiquettes, riant doucement devant les noms. Nous avions beaucoup de *L'Amour Fait Tourner le Monde* et *L'Amour Trouvera un Chemin*. Nous avions également beaucoup de *Stop Douleurs Articulaires* et *Vous en Voulez à Quelqu'un ? Brisez Cette Bouteille*.

J'avais demandé aux filles de les trier aussi par âge. Les bouteilles plus récentes que nous utilisions étaient en verre bleu décoratif brillant. Certains des récipients plus anciens étaient en verre vert bouteille, brun, et même transparent. Le verre transparent était rarement utilisé, ne serait-ce que parce que la lumière pouvait affecter les potions.

Pendant que j'examinais les articles, j'ai tiré vers moi une boîte de registres bien organisés que tante Lea m'avait remise hier soir. Même si j'avais tendance à la taquiner sur son désordre, elle était clairement plus organisée que ce que je lui avais accordé. Chaque registre était relié en cuir avec des pages lignées à l'intérieur et répertoriait chaque potion, les ingrédients utilisés et la date de fabrication. Il y avait dix registres ici. Le papier à l'intérieur du plus ancien était fin, l'écriture clairement tracée à la plume. Je tenais l'histoire entre mes mains.

L'histoire, le destin, la destinée et bien plus encore étaient tissés dans la trame de ma vie jour après jour. Pourtant, c'était facile de l'oublier quand je transportais un smartphone dans ma poche. Ici, dans mes mains, je pouvais feuilleter le registre le plus ancien et supposer que mon arrière-arrière-arrière-grand-mère avait consciencieusement documenté les potions qu'elle avait fabriquées.

Je me suis installée sur l'un des tabourets le long du comptoir arrière. Avec des centaines et des centaines de potions à examiner et une liste méticuleuse de ce qui devrait s'y trouver, j'allais être occupée pendant un moment.

Tante Lea m'avait confié ce matin, lors de notre conversation pendant que je conduisais, que bien qu'elle ne soit peut-être pas à cent pour cent au fait de l'inventaire informatisé, elle avait gardé des notes impeccables dans ses cahiers. Elle était également convaincue que tous ceux qui l'avaient précédée avaient fait de même. Nous ne vendions que les potions les plus récentes dans la boutique et avions progressivement essayé d'entrer tous les articles de vente dans un système d'inventaire informatisé. Parmi les familles de sorcières, nous échangions souvent des potions anciennes en cas de besoin, mais tante Lea m'avait assuré qu'elle avait même documenté ces détails et croyait que chaque sorcière qui l'avait précédée dans la gestion de la boutique avait fait de même.

Le poids des attentes m'a frappée alors que j'examinais les rangées de bouteilles et les registres méticuleux. J'avais désormais la même responsabilité et je devais être à la hauteur.

J'ai décidé de commencer par trier les articles destinés à la vente au détail, car ce serait le plus simple. Nous en vendions beaucoup, mais ces articles étaient tous dans les bouteilles les plus récentes et se limitaient aux deux derniers registres, selon tante Lea.

Après quelques heures, j'étais convaincue de savoir ce qui manquait dans ceux-là - seulement deux bouteilles de deux potions différentes. Ce qui m'inquiétait, c'était leur puissance lorsqu'elles étaient combinées.

Un frisson remonta le long de ma colonne vertébrale, une sensation de picotement descendant mes épaules et mes bras jusqu'au bout de mes doigts. Quelque chose se tramait. Nous devions juste comprendre de quoi il s'agissait.

Faisant une pause, je suis allée à l'avant pour vérifier les jumelles. Celia discutait avec quelques clients et les aidait dans le rayon bijoux. En regardant alternativement les jumelles, je ne pus m'empêcher de sourire. Avec leurs cheveux noirs, leurs yeux bleus vifs, leur peau de porcelaine et leurs joues roses, elles étaient identiques. Toutes deux étaient un peu rondes et absolument adorables.

Mis à part leurs bêtises occasionnelles, elles étaient de bonnes travailleuses, et elles ne se plaignaient pas trop quand j'ai repris la boutique de leur mère. Au début, nous avions eu une période d'adaptation car j'étais un peu plus stricte avec elles que tante Lea ne l'avait été. Mais nous avions maintenant trouvé notre rythme. Delia était derrière le comptoir à la caisse, faisant exactement ce que je lui avais demandé - mettre à jour l'inventaire et créer un tableau dans l'ordinateur.

Les jumelles étant rapides sur ordinateur, comme la plupart des jeunes de leur âge, je pensais que nous pourrions terminer la transition de l'entrée de la majorité de notre inventaire dans l'ordinateur. Tante Lea ne voulait pas que je le fasse pour les articles plus anciens, et je comprenais parfaitement. Il n'était pas prudent de répertorier des potions anciennes là où quelqu'un pourrait y accéder en ligne.

Je me suis appuyée contre le comptoir près de Delia. « Comment ça se passe ? »

— Super, dit-elle, se tournant vers moi et me montrant le tableau qu'elle avait créé, ses joues rougissant quand je l'ai complimentée.

— Ça a l'air parfait. Comment ont été les affaires ?

— Bien remplies. Nous avons eu les touristes habituels qui font leurs achats, mais plus de locaux que d'habitude. Je pense que les gens sont curieux à cause des cambriolages, a-t-elle suggéré.

— Tu as appris quelque chose de nouveau ? ai-je demandé.

Les jumelles étaient naturellement curieuses et toujours au cœur de l'action. J'avais décidé de mettre ces caractéristiques à profit et leur avais demandé d'être aussi indiscrètes que possible. Les jumelles étaient expertes en la matière, posant sans vergogne autant de questions qu'elles le souhaitaient quand elles le voulaient.

— Une chose, dit Delia avec une lueur dans les yeux. Cette dame est entrée, et elle n'est définitivement pas d'ici. D'une manière ou d'une autre, elle était au courant de tous les cambriolages en ville et posait des questions à leur sujet. Ça m'a semblé bizarre. Qu'en penses-tu ?

— Eh bien, je ne sais pas quoi penser, ai-je répondu, en pensant exactement ça. Cela pourrait ne rien signifier, ou cela pourrait être quelque chose. À quoi ressemblait-elle ?

— Elle avait des cheveux bruns-gris et des yeux bleus, et elle était plutôt mince.

— Tu sais d'où elle venait ?

— Oui. Je lui ai demandé, et elle a dit qu'elle venait du New Hampshire. Pour être sûre, je l'ai suivie dehors quand elle est partie, et sa plaque d'immatriculation était du New Hampshire, a répondu Delia avec un hochement de tête.

— Hmm, c'est à peu près tout ce que j'avais à dire à ce sujet. Eh bien, si elle revient, continue à poser des questions. Tu n'as pas noté son numéro de plaque d'immatriculation, par hasard ?

Delia sourit. « Bien sûr que si ! » Elle sortit avec emphase un petit morceau de papier de son carnet et me le tendit.

— Et tu as attendu pour me le dire parce que... ? ai-je demandé avec un sourire.

— Elle vient de partir il y a quelques minutes.

— D'accord, reste ici. Je vais passer quelques coups de fil.

De retour à l'arrière, j'ai rapidement appelé Daniel, le chef de la police. Après lui avoir transmis l'information, je me demandais si je devais essayer de suivre la femme. Pendant que j'envisageais cela, Daniel me rappela. « Je viens de vérifier la plaque. C'est Abby Proctor. Elle vient du New Hampshire, mais sa famille possède une résidence d'été ici. Je vais aller voir leur maison pour voir si quelqu'un s'y trouve. Ne la poursuis pas aujourd'hui, » m'a-t-il avertie.

— Daniel, qu'est-ce qui te fait penser que je ferais ça ?

— Parce que je te connais, toi et toute ta fichue famille.

Son ton était bienveillant, mais je savais qu'il aimait avoir l'impression de contrôler les choses, alors j'ai décidé de lui faire plaisir pour l'instant. De retour à la table de travail, j'ai remis toutes les potions plus récentes à leur place sur les étagères, puis j'ai porté mon attention sur les centaines de potions plus anciennes. Ce serait plus long.

J'ai rapproché la pile de registres, réfléchissant à ce que tante Lea m'avait dit sur leur stockage. Ils étaient conservés dans la boîte qu'elle m'avait donnée, protégée par la magie, et elle ne les apportait au magasin que lorsqu'elle en avait besoin. Lorsque les registres n'étaient pas avec elle, elle rangeait la boîte dans un coffre-fort protégé par la magie chez elle et Jacob.

Ce n'est pas comme si je pensais que ces registres traînaient n'importe où, mais les niveaux de protection me rappelaient la valeur des informations anciennes qu'ils contenaient.

Principalement par curiosité, j'ai sorti le registre le plus ancien du bas de la pile. Il était relié avec du cuir marron lourd poli jusqu'à ce qu'il brille. En l'ouvrant, l'odeur du vieux papier s'éleva jusqu'à moi. Des lignes méticuleuses d'écriture s'étalaient devant moi. En tournant soigneusement les pages et en atteignant la fin, j'ai réalisé qu'un petit morceau de papier plié était glissé à l'arrière du livre.

Je l'ai sorti très prudemment et déplié délicatement. C'était un vieux morceau de papier écolier, jauni et décoloré, contenant une liste de noms de famille. La liste semblait être regroupée par ville - Salem, Boston, North Salem et Sturbridge.

Il y avait beaucoup de noms familiers - les Wicked, les Good, les Bishop, les Levesque, les Baker, et plus encore. C'était presque comme un arbre généalogique de sorcières.

Quand il s'agit de familles de sorcières, beaucoup d'entre elles sont immenses. Avec l'ancien sort jeté il y a des siècles pour qu'un Wicked et un Good se marient à chaque génération, on pourrait se demander si nous nous inquiétions que les lignées se croisent. Au moment où ce sort a été jeté, les deux familles étaient massives avec des tentacules s'étendant loin. C'était assez compliqué d'essayer de suivre les différentes générations s'étendant davantage à chaque génération.

Bref, je m'égare. En examinant la liste et les villes, j'ai réalisé que je regardais probablement une liste de familles de sorcières qui avaient quitté Salem avant, pendant et après l'hystérie des sorcières et où elles s'étaient relocalisées. En parcourant la liste, des noms que je n'avais jamais vus auparavant se démarquaient pour moi.

Bien que le monde des sorcières soit beaucoup plus vaste que beaucoup ne le savaient, il restait petit dans le grand schéma des choses. Les noms qui m'étaient les plus familiers étaient les familles qui étaient venues à Charm Cove. Je me suis penchée et j'ai tiré mon nouveau carnet devant moi, notant rapidement la liste exactement comme elle était écrite. Il n'y avait aucune chance que je transporte ce petit bout de papier partout, mais au moins je savais ce qu'il y avait dessus. Ce que je devais comprendre, c'était pourquoi. Une section de noms m'était inconnue, et j'avais l'intention de demander à ma mère et à tante Lea à ce sujet.

Après avoir remis le morceau de papier là où il avait été glissé dans l'ancien registre, j'ai vérifié si les autres cahiers avaient quelque chose à l'arrière. Ne découvrant rien d'autre, je me suis remise au travail. Quand j'ai eu terminé, j'avais découvert deux autres potions manquantes, toutes deux des potions anciennes utilisées par ma famille depuis des générations.

Rangeant tout pour la nuit, j'ai sorti le petit conteneur de rangement pour les registres et j'ai rapidement lancé un sort de dissimulation autour de lui. D'un coup de poignet, la boîte a disparu. À moins d'être un membre de ma famille, on ne pourrait pas voir que j'avais quoi que ce soit de magique avec moi quand je le rapporterais chez moi pour la nuit.

Après avoir vérifié auprès de Celia et Delia, j'ai été heureuse de constater qu'elles avaient déjà préparé le magasin pour la fermeture. J'ai fait un signe d'au revoir quand tante Lea est passée les chercher. Après une brève discussion avec elle, nous avons convenu que je passerais dîner le lendemain soir pour discuter de ce que j'avais appris. Elle voulait en discuter ce soir, mais les jumelles avaient un spectacle scolaire qu'elle ne voulait pas manquer.

Après avoir verrouillé la porte d'entrée et tourné le panneau dans la vitrine sur *Fermé*, j'ai fait le tour de la boutique silencieuse, vérifiant que tout était en place. C'était drôle, mais si on m'avait dit il y a quelques mois que je m'installerais si rapidement pour aider à gérer le magasin familial, j'aurais ri au nez de cette personne.

Mais c'était avant que beaucoup de choses changent. La maison m'avait manqué depuis toujours. Être loin de Charm

Cove nécessitait de cacher l'essence même de qui j'étais. Pourtant, je pouvais être têtue, et je l'étais certainement. J'étais restée trop longtemps dans un travail que je détestais. Ce stupide sort d'amour qui avait mal tourné m'avait ramenée à la maison, ne serait-ce que pour un week-end.

Ce voyage du week-end avait déclenché une série d'événements, y compris la perte de mon emploi et ma reconnexion avec la magie que j'avais essayé d'ignorer. Il y avait tout ça et ma rencontre avec Liam à nouveau. Je ne savais pas qu'il avait divorcé après un mariage très bref. Maintenant, j'avais l'impression que ma vie prenait une autre direction - à la fois familière et inconnue.

J'ai secoué la tête. Mon enfance avait été remplie de temps passé dans ce magasin, et je l'aimais ici. Ça ressemblait à la maison d'une certaine manière. J'ai réfléchi aux potions manquantes et me suis demandé ce que les autres pièces du puzzle nous diraient. En vérifiant l'avant une fois de plus, j'ai veillé à laisser les lumières extérieures allumées. Je ne le faisais pas habituellement, mais tous les propriétaires de magasins du centre-ville étaient hyper-vigilants avec la récente vague de cambriolages. Épargne-Moi Ton Sortilège et The Ink Spot étaient les seules cibles commerciales connues jusqu'à présent, mais personne d'autre ne voulait être ajouté à la liste.

The Ink Spot existait depuis encore plus longtemps que notre magasin. C'était la première entreprise documentée à Charm Cove et toujours à son emplacement d'origine. C'était une imprimerie gérée par les Bishop, une autre famille de sorcières venue à Charm Cove peu après les Wicked et les Good.

Les Bishop étaient d'une certaine manière un peu à l'écart de nos familles. Ils étaient légèrement moins puissants, mais seulement d'un cheveu. Un seul membre de leur famille avait assisté à la réunion au phare l'autre soir. En tant que famille, ils étaient encore un peu meurtris par l'implication de Sally et Rae dans la mort d'Alvin.

Le magasin étant silencieux, j'ai vérifié les serrures à l'arrière puis je suis partie avec la boîte cachée dans ma main. Je n'avais pas à la porter. Elle restait à mes côtés pendant que je marchais. Ma voiture était garée de l'autre côté de la place du village. Charm Cove, comme de nombreuses petites villes de la Nouvelle-Angleterre, avait été construite bien avant que les voitures n'existent. Personne n'avait prévu l'espace nécessaire pour les voitures à l'époque, donc le stationnement dans le centre-ville était primordial. Alors que notre magasin avait un petit parking à l'arrière, nous ne l'utilisions jamais du printemps à l'automne. Le parking devait rester libre pour les clients.

L'obscurité tombait, l'air était vif et frais, et les feuilles d'automne frémissaient sur les arbres tandis que je traversais la place, suivant les dalles d'ardoise. Je me suis arrêtée pour prendre une respiration et regarder autour de moi. Les lampadaires s'allumaient, et les gens marchaient encore sur les trottoirs et s'aventuraient dans les restaurants et cafés qui bordaient les rues de notre petit centre-ville.

Quand j'ai recommencé à marcher, un picotement a remonté le long de ma colonne vertébrale, descendu dans mes bras et jusqu'au bout de mes doigts. C'était mon signal. En regardant autour, j'ai senti qu'on me suivait. Mais il y avait suffisamment de gens qui circulaient pour que je ne puisse trouver personne qui avait l'air suspect. Un malaise m'a traversée. Mal à l'aise et réalisant que je tenais une boîte puissante et une tonne d'histoire familiale en main, j'ai décidé qu'un peu plus de magie était nécessaire. D'un coup de poignet, j'ai fait tourbillonner de la fumée dans l'air, disparaissant dedans et atterrissant directement dans ma voiture en quelques secondes.

J'ai fait une pause pour me ressaisir et m'assurer que j'avais tout ce dont j'avais besoin. La boîte était juste à côté de moi, scintillant dans la lumière du crépuscule. Je suis rentrée rapidement chez moi. J'ai envisagé d'appeler Liam sur le chemin du retour, mais je savais qu'il passerait comme il le faisait presque tous les soirs maintenant.

En me précipitant à l'intérieur une fois arrivée chez moi, j'ai immédiatement rangé la boîte dans le coffre-fort dans l'un des placards de la cuisine. J'ai ensuite jeté un autre sort pour cacher le coffre-fort à l'intérieur du placard.

Ghost n'était pas très content de moi. Il avait réussi à se poser sur mon épaule, mais je ne m'étais pas arrêtée pour le caresser comme je le faisais habituellement. Il était assis sur le comptoir maintenant, sa longue queue blanche fouettant l'air d'avant en arrière.

« Désolée, Ghost, » ai-je commenté en m'approchant de lui. « J'avais quelque chose à faire d'abord. »

Quand j'ai gratté mes doigts entre ses oreilles, il a immédiatement commencé à ronronner et tout a été pardonné. Après l'avoir nourri, j'étais sur le point d'appeler Liam quand j'ai entendu un coup rapide à la porte, puis il est entré.

En le regardant, mon cœur a fait ce petit saut qu'il faisait chaque fois que je le voyais. Bien que je n'aie jamais vraiment surmonté mon béguin d'enfance pour lui et que je sois tombée amoureuse de lui au lycée, les choses semblaient différentes maintenant. Il était plus âgé et plus sage, et moi aussi. Cette sagesse était ce qui me retenait légèrement chaque fois que je considérais la pression que nous subissions de nos familles respectives.

On nous disait, à Liam et moi, depuis notre enfance que nous étions destinés à nous marier et que nous devions répondre à notre destin pour le *bien des sorcières et de tous*. Ce sort jeté il y a des siècles par deux matriarches avait déterminé qu'un Wicked et un Good tomberaient amoureux à chaque génération. Les mariages qui en résulteraient maintiendraient la paix qui avait été forgée après près de cent ans de querelles entre les familles.

Il y avait cette pression, et il y avait mon propre désordre stupide après avoir accidentellement brûlé une maison à Boston quand j'étais jalouse.

Malgré tout cela, il suffisait que Liam entre dans une pièce pour que des papillons tourbillonnent dans mon ventre. Avec ses traits classiquement beaux, il était très agréable à regarder. Sa bouche s'est retroussée au coin quand il m'a vue avec Ghost assis sur le comptoir.

— Salut, a-t-il dit en s'approchant de moi, baissant la tête et capturant mes lèvres dans un rapide baiser.

— Comment s'est passée ta journée ? ai-je demandé quand il s'est reculé.

Il a haussé les épaules. « Rien de spécial. J'ai géré un tas de chiffres. Et la tienne ? »

— Eh bien, elle a été mouvementée. Je vais commencer par comment elle s'est terminée. Je suis presque sûre que quelqu'un a essayé de me suivre après que j'ai quitté le magasin.

Les yeux de Liam se sont écarquillés, et il s'est glissé sur un tabouret à côté de moi, l'inquiétude marquant ses traits. « Que s'est-il passé ? »

— Tu sais comment je t'ai dit que tante Lea m'avait donné tous ces registres pour le magasin, ceux qui remontent à la fin des années 1600 ? À son hochement de tête, j'ai continué : Elle me les a donnés dans une boîte protégée, pour que je puisse inventorier tout ce qui se trouve à l'arrière et déterminer ce qui avait été volé. Je les ai tous parcourus et j'ai trouvé cette petite note à l'arrière de l'un d'entre eux avec tous ces noms. Faisant une pause et atteignant mon sac à main, j'ai sorti le morceau de papier sur lequel j'avais griffonné la liste des noms. Avant de quitter le magasin, j'ai remis les registres dans leur boîte et j'ai lancé un sort pour la rendre invisible. Quand je suis partie et que je traversais la place, je suis positive que quelqu'un me suivait. Je les ai transportés dans ma voiture et suis rentrée à la maison. Je ne peux pas dire pourquoi, et ce n'était rien de plus qu'une intuition, mais j'ai l'impression que celui qui me suivait veut ces registres.

Liam est resté silencieux, puis il a hoché la tête. « Peut-être bien, mais qu'y avait-il d'autre que l'inventaire des potions pour le magasin ? »

— Chaque livre a un inventaire détaillé remontant à l'ouverture du magasin. Par détaillé, je ne veux pas seulement dire des listes de potions, mais quand elles ont été fabriquées, qui les a fabriquées et quels ingrédients ont été utilisés dans chacune.

— Ça serait précieux pour quelqu'un qui saurait quoi en faire, a-t-il répondu, son regard pensif. Et tu n'as pas vu qui aurait pu te suivre ?

J'ai soupiré et secoué la tête. « Tu sais à quel point le centre-ville est animé à cette période de l'année. Les gens étaient partout sur les trottoirs, donc je ne pouvais pas dire. J'ai disparu dans ma voiture et suis rentrée à la maison. La boîte est maintenant enfermée dans le coffre-fort que Lea a envoyé avec. Il a sa propre serrure magique, et ensuite j'ai jeté un sort de protection autour. Même si quelqu'un sait où j'habite, il n'y entrera pas ce soir. »

— Bien. Je me demande si tu ne devrais pas les rendre à Lea et Jacob dès que possible. Je sais que nous sommes puissants, mais ils sont définitivement plus puissants.

— Oh, je suis tout à fait d'accord. Ils avaient un spectacle pour les jumelles ce soir, mais je prévois de l'apporter au travail avec moi demain matin, puis de me rendre chez Lea et Jacob demain soir pour dîner. Tu veux venir ?

Je suis descendue du tabouret et j'ai fait le tour du comptoir pour apporter une bière à Liam car je n'avais même pas pensé à lui offrir à boire.

— Tu as dîné ? ai-je demandé en lui faisant glisser une bouteille de bière sur le comptoir.

Quand il a secoué la tête, j'ai ouvert à nouveau le réfrigérateur, réfléchissant à ce que je pourrais préparer. Nous étions tombés dans un schéma plutôt confortable. Il venait presque tous les soirs, bien qu'il ne passe pas toujours la nuit.

Ce soir, je voulais qu'il reste.

— J'ai encore des restes de la lasagne que j'ai faite l'autre soir. Ça te dit ? ai-je demandé par-dessus mon épaule.

— Bien sûr.

Je l'ai sortie et allumé le four pour la réchauffer. Pendant ce temps, il a ramassé le bout de papier avec les noms dessus et a commencé à les lire. « La plupart sont familiers, » a-t-il murmuré.

— Oui. Il n'y en a que deux que je ne reconnais pas, ai-je proposé en me versant un verre de vin et en glissant le plat de lasagne dans le four. Burroughs et Proctor. J'ai déjà entendu ces noms, mais pas en association avec des sorcières. Et toi ?

En me glissant à nouveau sur le tabouret en face de lui, j'ai distraitement apprécié la chute brillante de ses cheveux sombres sur son front alors qu'il se penchait en avant, parcourant la liste. Liam a lentement secoué la tête quand il a relevé les yeux. « Définitivement pas Burroughs en ce qui concerne les sorcières. C'est un nom de famille courant à Boston, cependant. Mais j'ai déjà entendu parler de la famille Proctor. Je vais devoir vérifier, mais je pense que cette famille a été impliquée dans les procès des sorcières de Salem. »

— Vraiment ?

Sa bouche s'est incurvée d'un côté. « Je pense que oui, mais laisse-moi vérifier auprès de ma mère. Tu sais qu'elle est la reine des trucs de généalogie. »

Mon Dieu. Il ne devait pas sourire comme ça. Ça faisait faire des sauts périlleux à mon ventre.

Opportunément, la minuterie du four a sonné. Nous avons fini les restes de lasagne, la conversation s'est poursuivie, et nous nous sommes installés sur le canapé. J'étais parfaitement heureuse de regarder des rediffusions d'émissions comiques pour la soirée. Parfois, s'échapper dans la télévision était un immense soulagement.

Savoir que des forces surnaturelles étaient constamment à l'œuvre pouvait vous fatiguer quand vous n'étiez pas sûr de ce qui se passait.

CHAPITRE SEPT

Quand je me suis réveillée le lendemain matin, j'ai réalisé que Liam avait dû me porter jusqu'au lit. Il était parti depuis longtemps, et Ghost était assis au bord du lit en me regardant. Me tournant sur le côté, j'ai tendu la main, lui faisant signe de s'approcher. Ghost était maintenant un grand amateur de toutes formes d'affection. Il s'était montré distant avec moi pendant un bon mois au début, mais avait depuis décidé que l'affection était bien supérieure à m'ignorer. Il s'est approché nonchalamment et a frotté sa joue contre mes phalanges avant de bondir du lit et de s'enfuir hors de la chambre. C'était mon signal pour me lever.

Après avoir nourri Ghost et m'être préparée pour le travail, je me suis dirigée vers la ville pour prendre un café chez Magic Beans. Alors que je traversais la place verte, mon café à la main, Beatrice déboula au coin de la rue avec son groupe de marche sportive. Ils semblaient tellement énergiques que je me sentais carrément paresseuse.

Beatrice a dévié de sa trajectoire quand elle m'a aperçue, coupant à angle vif à travers la place. Avec ses coudes volants, elle s'est arrêtée en dérapant devant moi.

— Bonjour, Moira, dit-elle avec entrain.

J'étais encore un peu endormie car mon café n'avait pas

encore fait effet. L'énergie bourdonnante de Beatrice était un peu trop, comme être bousculée par une rafale de vent. J'ai pris une gorgée de café et réussi à sourire. — Bonjour, Beatrice. Vous êtes sortie pour votre marche, à ce que je vois.

Beatrice a hoché la tête, ses cheveux argentés scintillant au soleil et ses yeux bleus pétillants. Elle s'est approchée, se penchant vers moi. — Je voulais vous faire savoir que j'ai vu quelque chose ce matin, dit-elle dans un murmure conspiratoire.

— Ah bon ? Qu'est-ce que c'était ? Je ne savais pas à quel point elle aurait pu être plus vague. Je veux dire, j'avais moi-même déjà vu pas mal de choses ce matin.

— Eh bien, comme vous le savez, j'ai ce groupe de marche. Mais ma maison est juste là-bas, dit-elle, en désignant l'endroit où se trouvait sa maison au coin de la rue. Comme dans de nombreuses villes de Nouvelle-Angleterre, la place verte de Charm Cove se trouvait en plein centre-ville. Les places vertes étaient à l'origine destinées à servir de lieu de rassemblement central et le faisaient toujours. La place de Charm Cove avait une vaste pelouse avec des arbres éparpillés, des bancs à chaque coin et quelques parterres de fleurs.

Quatre rues formaient un carré parfait autour de la place centrale. La voie principale de la ville était Charming Way, qui croisait Main Street et Good Lane. En face de Charming Way se trouvait Wicked Way. Parce que, ouais, nos ancêtres n'avaient vraiment pas pu s'en empêcher.

La famille de Beatrice était l'une des familles fondatrices de Charm Cove. Avec les Wicked et les Good, ils s'étaient installés ici au cours de la première décennie environ. Beatrice vivait toujours dans la maison familiale d'origine, qui se trouvait juste derrière certaines boutiques de Charming Way. Le rez-de-chaussée de sa maison était loué à une chocolaterie et une confiserie tandis qu'elle vivait à l'étage.

La maison offrait une excellente vue sur la place, et je n'arrivais pas à croire que je n'avais pas pensé à l'interroger à ce sujet auparavant. Bien que j'imaginais qu'elle devait être endormie au moment des cambriolages. — Vous avez effectivement une excellente vue sur la place verte de là-bas. Qu'avez-vous vu ?

Elle s'est penchée encore plus près, baissant la voix presque jusqu'à un murmure. Regardant autour de moi, je n'ai vu personne à proximité. Son groupe de marche sportive avait continué sa route. — Eh bien, il y avait un homme que je n'avais jamais vu auparavant. Il a parcouru les quatre rues de la place et puis a traversé le centre.

Je n'étais pas tout à fait sûre que ce soit une révélation, étant donné que Charm Cove regorgeait de touristes du printemps à l'automne. Je voyais des personnes que je n'avais jamais vues chaque jour, mais j'allais mordre à l'hameçon. — Quand ?

— Ce matin. Je l'ai également vu hier matin, mais c'était plus tard et il y avait d'autres personnes autour, donc je n'y ai pas prêté attention. Ce matin, c'était à peine après l'aube, et les lampadaires étaient encore allumés.

— À quoi ressemblait-il ?

— Un grand gaillard avec des cheveux poivre et sel. Mince comme un fil. Bon Dieu, cet homme aurait bien besoin de se nourrir.

J'ai mordu l'intérieur de mes joues pour ne pas rire. Beatrice elle-même pouvait facilement être emportée par une rafale de vent.

— Et vous ne l'avez jamais vu auparavant ?

— Certainement pas.

— Sans vouloir être impolie, Beatrice, mais nous avons des tonnes d'admirateurs de feuillage ces jours-ci. Êtes-vous sûre que ce n'était pas simplement un touriste ?

— Je ne pense pas, ma chère. Je fais confiance à mon instinct, et mon instinct me dit que cet homme ne prépare rien de bon.

— D'accord.

Bien que Beatrice puisse être un peu loufoque et très certainement hyperfocalisée sur son groupe de marche sportive, c'était une sorcière et elle avait été autrefois assez puissante. Après le décès de son mari il y a quelques années, elle avait pris davantage de recul dans le monde des sorcières. Cela dit, je faisais confiance à son jugement, donc si elle sentait que quelque chose se tramait avec la personne qu'elle avait vue, elle avait probablement raison.

— Vous devriez rester vigilante, a-t-elle ajouté. Je sais que je le ferai. Je dois retourner à ma marche.

Elle a pivoté et s'est éloignée à toute vitesse. J'ai bu mon café tout en me dirigeant vers la boutique. Je n'étais pas une personne paresseuse, loin de là, mais la vitesse de Beatrice me faisait me sentir comme une tortue.

Comme c'était lundi, je ne m'attendais pas à avoir l'aide des jumeaux à la boutique avant la fin des cours. Ce matin, je me suis installée à l'avant pour continuer à examiner l'inventaire des potions. Je n'apportais qu'un plateau de flacons à la fois pour les compter, en les faisant correspondre soigneusement à l'inventaire.

Au moment où les jumeaux sont arrivés dans l'après-midi, j'avais passé en revue tout l'inventaire. Fait intéressant, en triant les différentes potions, j'ai découvert que deux manquaient pour chaque siècle – deux de la fin des années 1600, de la fin des années 1700, de la fin des années 1800, de la fin des années 1900, puis deux des années 2000. Au total, dix potions manquaient. Dans chaque cas, c'était les deux mêmes de chaque siècle.

Si quelqu'un devait les combiner, il créerait une potion pour retrouver un pouvoir perdu. Ce sentiment de mauvais présage me picota de nouveau le long de la colonne vertébrale, descendit dans mes bras et jusqu'au bout de mes doigts.

Une fois les jumeaux présents, j'ai remis les potions dans la zone de stockage, replacé les registres dans leur boîte et lancé un autre sort de protection autour.

———

Ce soir-là, j'ai marché le long des dalles d'ardoise jusqu'à la porte d'entrée de mes parents. Chaque fois que je leur rendais visite, je m'y rendais à pied depuis ma maison de cocher. Bien que la maison de cocher se trouve sur la propriété familiale, elle n'était pas visible depuis leur maison. Elle se situait derrière un petit bosquet d'arbres.

La maison de mes parents était perchée sur une falaise surplombant l'océan Atlantique. On pouvait apercevoir le centre-ville de Charm Cove et son port au loin. L'ancienne maison de style colonial avait été construite dans les années 1700. Inutile de dire qu'elle avait été rénovée depuis. Le bardage était d'un vert sauge doux avec un toit en acier inoxydable rouge vif, donnant à l'imposante maison une allure joyeuse.

En poussant la porte d'entrée rouge, je suis entrée dans le grand vestibule. Le soleil couchant traversait les fenêtres près de la porte, se reflétant sur la rampe en bois poli de l'escalier qui s'incurvait le long du mur. Une immense cuisine et une salle à manger se trouvaient d'un côté du couloir juste au-delà du vestibule, tandis qu'un salon formel et une petite salle de séjour se trouvaient de l'autre côté. L'intérieur de la maison conservait toujours un aspect classique bien qu'il ait également été modernisé. Les planchers en châtaignier étaient polis jusqu'à briller, et de hautes fenêtres bordaient chaque mur. Des accents pastel à travers toute la maison mettaient en valeur la peinture gris tourterelle sur les murs.

Avec la boîte de registres à côté de moi, dissimulée par sa magie de camouflage, j'ai traversé le vestibule, descendu le couloir et suis entrée dans la cuisine. En poussant la porte de la cuisine, j'ai entendu la voix de Liam ainsi que celle de ma mère, puis la réponse de tante Lea. Pendant un instant, j'ai cru que le pauvre Liam était le seul homme présent avec elles. Non pas qu'il ne puisse pas se débrouiller, mais c'était certain qu'elles l'embêteraient si c'était le cas. Alors que la porte se refermait derrière moi, j'ai entendu le grondement bas de la voix de mon père et j'ai jeté un coup d'œil pour le trouver assis à la table dans la baie vitrée avec Liam.

Un grand îlot au centre de la cuisine invitait les gens à s'asseoir et se détendre sur les tabourets qui l'entouraient. Derrière l'îlot se trouvait un four à bois que ma mère utilisait toujours parce qu'elle jurait qu'il n'y avait pas de meilleure façon de faire cuire du pain. Cela dit, elle avait aussi un four à propane plus récent d'un côté. Une belle vue sur la pelouse arrière avec Charm Cove au loin était visible à travers les fenêtres au-dessus de l'évier en ardoise, qui se trouvait entre les deux fours. L'espace était accueillant et chaleureux.

Liam était assis à la table, discutant avec mon père. Ma mère et tante Lea étaient devant le comptoir de la cuisine, sirotant du vin tandis que ma mère remuait quelque chose sur la cuisinière.

— Eh bien, bonjour, ma chérie, a appelé tante Lea, levant la main pour ajuster les lunettes sur son nez et faisant tinter sa poignée de bracelets ce faisant. Le son me rappelait mon propre bracelet à breloques. Je ne le remarquais presque plus maintenant, tout comme avant.

Tante Lea portait une jupe rouge bordeaux qui tombait en tourbillon autour de ses chevilles avec une paire de bottes en cuir noir et un chemisier crème ajusté. Une baguette rouge maintenait ses cheveux au sommet de sa tête. Elle était l'image même de l'élégance, comme toujours.

Ma mère leva les yeux, adressant un sourire avant d'éteindre le brûleur. Elle et tante Lea se ressemblaient remarquablement avec leurs cheveux noirs striés d'argent et leurs yeux verts pétillants. J'avais conclu que leurs similitudes d'apparence étaient simplement dues au fait qu'elles étaient toutes les deux des sorcières, puisqu'elles étaient belles-sœurs, plutôt que sœurs. À quelques exceptions près, les cheveux foncés et les yeux verts ou bleus étaient incroyablement courants chez les sorcières. Ma mère avait tendance à porter ses cheveux plus souvent détachés, et ce soir, ils tombaient en vagues lâches autour de ses épaules. Elle portait également une longue jupe bien que la sienne soit bleu marine. Elle l'avait associée à un t-shirt ample plus décontracté.

Elles exhalaient une sorte d'élégance hippie-décontractée, qui semblait traverser les deux côtés de ma famille. J'avais essayé de m'en défaire quand j'ai déménagé à New York, mais c'était difficile à secouer. J'étais plus encline à porter des jeans et des t-shirts qu'elles.

— Salut, tante Lea. Salut, maman, ai-je dit en atteignant le comptoir. J'ai fait un signe de la main à mon père et à Liam quand ils ont tous deux jeté un coup d'œil, mais ils semblaient plongés dans une conversation profonde. D'un mouvement du poignet, j'ai défait le sort de protection autour de la boîte avant de la poser sur le comptoir.

— Voilà. J'ai fait l'inventaire de tout, ai-je dit, en croisant le regard de tante Lea. Je vais te dire, je n'étais pas si sûre que tout s'y trouverait, mais c'est le cas. Enfin, à l'exception de ce qui a été volé.

Tante Lea a souri. — Bien sûr, ma chérie. Je sais que tu t'inquiétais que je ne garde pas les choses trop organisées, mais je l'ai fait comme tout le monde avant moi. Ta mère et moi discutions avec Penelope que nous soutenons absolument ton idée d'informatiser l'inventaire actuel. Mais nous ne pensons vraiment pas que ce soit une bonne idée de le faire pour les anciennes choses.

— Oh, absolument. Ça me semble parfaitement logique. De cette façon, ce sera simplement plus facile de garder une trace de tous les petits objets dans la partie vente au détail de la boutique. Peut-être que nous ne devrions pas du tout inventorier les potions.

Ma mère a pris la parole. — Oh, non. Tu dois inventorier toutes ces potions aux noms ridicules. Nous l'avons fait pendant des siècles, alors nous ne pouvons pas arrêter maintenant.

— Je voulais dire que nous ne devrions pas les inventorier dans l'ordinateur, ai-je précisé. L'information est trop précieuse, et nous ne voulons pas que quelqu'un puisse y accéder.

Tante Lea s'amusait beaucoup avec les potions depuis l'explosion d'intérêt pour les remèdes naturels et les produits new-age. La première vague avait eu lieu dans les années 1960 et 1970, mais elle s'est vraiment développée au tournant du siècle. Tante Lea a pris le relais et a aidé la famille à gagner des tonnes d'argent avec des potions et des remèdes depuis que la dernière folie ne montrait aucun signe d'essoufflement.

Persnickety Potions & Gifts restait très occupé, tout comme Beauty Bewitched, qui était dirigé par Opal Good. Les deux magasins n'étaient pas vraiment en concurrence, cependant. Notre famille se concentrait sur les potions, les remèdes naturels, les bijoux et les petits bibelots. Le magasin d'Opal avait plus de produits de beauté. D'une certaine manière, ils se complétaient, et nous nous envoyions souvent des clients mutuellement. Malgré les vieilles rumeurs d'une querelle entre les familles, il a peut-être fallu quelques siècles de paix, mais nos familles se soutenaient désormais principalement.

J'ai fait un geste vers la boîte contenant les registres. — Alors voilà. Comme je vous l'ai dit au téléphone plus tôt aujourd'hui, Liam et moi pensions que toi et Jacob devriez enfermer cette chose quelque part en toute sécurité. Peut-être que nous devrions jeter quelques sorts supplémentaires dessus une fois qu'elle sera cachée.

Ma mère a ri en se tournant pour vérifier ce qu'elle avait dans le four.

— Est-ce que c'est une soupe aux palourdes et du pain frais que je sens ? ai-je demandé.

— Bien sûr. J'ai fait ça et une bisque de homard. Ton père a rapporté du homard frais aujourd'hui, a répondu ma mère. Elle a jeté un coup d'œil vers la baie vitrée, envoyant un baiser à mon père.

Ils étaient encore ridiculement romantiques l'un envers l'autre. Je m'y étais habituée, mais quand même.

— Je pense que nous devrions parler des potions dont j'ai découvert la disparition, ai-je ajouté.

— Installons-nous d'abord à table, a dit tante Lea, faisant un geste des mains vers la table et me chassant pratiquement.

— Je peux aider, ai-je proposé.

— Pas besoin, ma chérie, a appelé ma mère en sortant des

bols à soupe du placard de la cuisine, et tante Lea a commencé à y verser la soupe.

Elles m'ont laissé trancher le pain frais que ma mère a sorti du four. En quelques minutes, nous étions tous assis dans le coin cuisine. Cette maison, comme la plupart des maisons de Nouvelle-Angleterre, avait une salle à manger formelle, mais nous l'utilisions rarement. Contrairement à beaucoup de maisons, nous l'avions effectivement gardée comme salle à manger. Mes parents aimaient parfois y organiser de grands rassemblements, mais c'était de l'autre côté du couloir. Il n'y avait rien d'autre qu'une table massive, des chaises et un buffet pour la porcelaine.

La plupart des repas familiaux étaient pris ici dans la cuisine. Le coin cuisine n'était pas vraiment un renfoncement car la baie vitrée à trois côtés offrait suffisamment d'espace pour une table ronde avec sept chaises. La fenêtre donnait sur la falaise jusqu'à l'océan. Une fois installés à table, j'ai jeté un coup d'œil par la fenêtre, le souffle coupé.

L'océan Atlantique s'étendait au loin. Le soleil n'était pas directement visible d'ici, étant donné que la maison était orientée vers l'est. Pourtant, le reflet du soleil couchant était glorieux, le ciel teinté de mandarine et de violet alors que le soleil faisait sa révérence, laissant une aquarelle dans son sillage. Les mouettes criaient et tournoyaient au-dessus de la falaise tandis que la lumière du soir s'estompait.

En me retournant, j'ai croisé le regard de Liam posé sur moi, et j'ai senti mes joues chauffer légèrement. J'ai presque roulé des yeux. Il était beaucoup moins perturbé que moi par notre prétendu destin. Il avait même dit qu'il pensait déjà que je devrais arrêter de m'en inquiéter.

Avec un petit sursaut, j'ai forcé ma concentration sur le moment présent. Je n'avais pas besoin de m'obséder sur mon destin. Pour l'instant, nous dînions sous les yeux perspicaces de ma mère, de ma tante et de mon père.

— Eh bien, ma chérie, a dit ma mère, allons droit au but. Qu'est-ce qui manquait dans la boutique ?

En plongeant la main dans la poche de mon jean, j'ai sorti le bout de papier où j'avais énuméré les dix potions manquantes. — Voilà. Il y en avait dix au total qui manquaient, cinq paires de deux. Jetez un coup d'œil et voyez si vous arrivez à la même conclusion que moi.

Ma mère et tante Lea étaient assises l'une en face de l'autre en angle. Chacune s'est penchée pour regarder. Elles ont levé les yeux presque à l'unisson, les yeux écarquillés.

— Oh, mon Dieu. Quelqu'un essaie de récupérer du pouvoir, a dit doucement ma mère.

— Nous devons savoir tout ce qui a disparu d'autre, a ajouté tante Lea.

— Eh bien, que savons-nous à ce sujet ? Je veux dire, il y avait un plan pour suivre cela après la réunion du phare, ai-je dit, regardant tour à tour ma mère et mon père.

Mon père, Gabriel Wicked, était calme et majestueux et avait tendance à laisser ma mère faire la plupart de la conversation. Quand il parlait, les gens écoutaient. Se penchant en arrière dans sa chaise après une bouchée de soupe, il a plissé les yeux. — J'ai vérifié notre bibliothèque, et le grimoire qui a disparu est un que quelqu'un trouverait utile s'il essayait de récupérer du pouvoir pour une famille qui l'a perdu. Quant au reste... Ses paroles se sont estompées alors qu'il regardait ma mère.

Ma mère a roulé des yeux. — Nous savons ce qui nous manque. Opal est passée aujourd'hui et m'a informée de ce qui leur manque, mais je n'ai pas de nouvelles de Nathan au phare. Je disais justement à Liam un peu plus tôt qu'il devrait vraiment descendre ici pour lui parler. Nous n'avons pas non plus de nouvelles d'Albert Bishop de The Ink Spot. J'ai l'impression qu'ils ont toujours le nez légèrement de travers.

Jetant un coup d'œil à Liam, j'ai haussé un sourcil en signe d'interrogation. Il a levé une épaule dans un haussement, répondant à la question que je n'avais pas posée à voix haute. — Je vais appeler Nathan ce soir. Tu connais Nathan. Il ne s'inquiète pas beaucoup. Sans compter que je ne suis pas sûr qu'il sache ce qui manque. Ce phare est comme son propre musée personnel, a-t-il dit.

Tante Lea a trempé un morceau de pain dans sa soupe, prenant une bouchée et regardant autour de la table. Après avoir avalé, elle a hoché la tête avec emphase. — Tellement vrai à propos du phare. Nous aurions dû faire plus attention. Cet endroit est juste... Eh bien, il est là depuis toujours. C'est si grand, et c'est facile de perdre la trace de ce qui s'y trouve. Sans compter qu'il y a des millions de cachettes. Nous y allons dès que Nathan dira que c'est bon pour faire un inventaire approfondi de ce qui reste et s'assurer que nous documentons réellement ce qui s'y trouve. Je pense que nous sommes tous devenus un peu paresseux à ce sujet parce que rien de tel ne s'était produit depuis des siècles.

Personne n'a fait d'autres commentaires là-dessus, mais les crimes visant les sorcières avaient atteint un niveau record pendant la querelle centenaire entre les Wicked et les Good. Cela avait été mis au repos une fois le sort de mariage lancé. Depuis lors, il ne s'était pas passé grand-chose en ce qui concerne les sorcières ciblant d'autres sorcières pour voler du pouvoir, ou des objets qui détenaient du pouvoir.

Le dîner s'est poursuivi, passant à des sujets plus légers. Après que mon père soit parti pour aller boire un whisky dans son bureau et ait invité Liam à le suivre, je suis restée dans la cuisine pour aider ma mère et tante Lea à nettoyer.

Jetant un coup d'œil à tante Lea, j'ai fermé le lave-vaisselle et puis regardé d'elle à ma mère. — Alors quel est le plan avec ces grimoires ? Enfin, les registres du magasin ne sont pas vraiment des grimoires, mais ils le sont en quelque sorte. Il semble que nous devions maintenir une sécurité stricte sur ceux-là si quelqu'un s'y intéresse. Pensez-vous qu'ils sont plus en sécurité ici ou chez toi ? ai-je demandé, les regardant.

Tante Lea et ma mère se sont regardées puis ont toutes deux

haussé les épaules. — Je ne suppose pas que cela importe. Nous sommes toutes les deux assez puissantes pour le garder verrouillé, caché et protégé de presque n'importe qui qui le voudrait. Je pense ici si seulement parce que tu as assez à faire, a dit ma mère, son regard devenant sérieux quand elle a parlé.

À part une petite crise il y a quelques mois quand tante Lea a finalement révélé qu'on lui avait diagnostiqué un cancer, on en parlait rarement.

Tante Lea a soufflé puis a secoué la tête, ses yeux si brillants que je me suis demandé s'il y avait des larmes là. — C'est bien. Je vais mieux, tu sais. La chimio fonctionne bien que je la déteste, a-t-elle dit avec un petit frisson.

Ma mère s'est approchée d'elle et l'a prise dans une étreinte rapide. — J'espère bien. Je n'aime pas demander, et je sais que tu préfères ne pas en parler, mais merci de nous tenir au courant.

Tante Lea nous a regardées. — Peu importe ce qui se passe, assurez-vous de nous faire savoir quel sort vous utilisez pour le cacher. De cette façon, si quelque chose ne va pas, Jacob pourra remonter à sa source.

Cela aidait toujours Jacob s'il savait ce qu'il recherchait. Dans ce cas, s'il savait ce que mes parents utilisaient pour protéger la boîte, il saurait ce que quelqu'un devrait faire pour la briser.

Ma mère a fermement hoché la tête. — Bien sûr, nous le ferons.

J'ai attrapé une autre bouchée de pain en appuyant mes hanches contre le comptoir. Ma mère m'a jeté un coup d'œil, puis a rapidement changé de sujet. — Alors, ma chérie, comment vont les choses avec Liam ?

Je n'ai même pas pris la peine de gémir silencieusement. — Oh, maman. Tu ne pourrais pas nous laisser être normaux ?

Tante Lea a posé une main sur sa hanche, ses bracelets tintant. — Ma chérie, tu ne peux pas éviter le destin éternellement.

Sur ce, elle s'est éloignée. — Je rentre à la maison. J'ai promis à Jacob que je ne rentrerais pas trop tard, a-t-elle appelé. Avec un signe de la main, la porte de la cuisine s'est refermée derrière elle, le bruit de ses talons de bottes frappant le sol résonnant dans son sillage alors qu'elle se dirigeait vers le couloir.

Ma mère a simplement secoué la tête, s'est approchée de moi et a déposé un baiser sur ma joue. — Bonne nuit, ma chérie. Laisse Liam te raccompagner s'il te plaît.

Parfois, j'avais l'impression de vivre dans le passé. Non pas parce que cela semblait vraiment être le cas, mais à cause de la façon dont ma famille agissait. Les fantômes du passé tenaient le présent entre leurs dents dans le monde des sorcières, et je pensais qu'il en serait toujours ainsi. Tout se transmettait à travers les siècles avec les sorcières, et chaque action avait une signification.

J'avais essayé de le fuir, mais cela m'avait rattrapée, et je ne me souciais plus de le fuir. Le prix à payer était trop élevé.

Mon destin m'attendait, savourant un whisky dans le bureau avec mon père.

Je suis allée le chercher.

CHAPITRE HUIT

Quelques jours passèrent sans grande nouvelle concernant l'enquête. Mes parents essayaient toujours de rassembler des informations sur tout ce qui avait été volé. Ils avaient les éléments de base, à l'exception des objets de The Ink Spot et du phare, mais ils étaient occupés à retracer la provenance. Certaines familles conservaient des historiques détaillés des objets imprégnés de magie tandis que d'autres étaient plus négligentes à ce sujet.

Entre-temps, il n'y avait pas eu de nouveaux cambriolages, et je n'avais pas eu d'autres incidents où j'avais l'impression d'être suivie en quittant la boutique. Un matin, sur le chemin du travail, je me suis arrêtée à Hardware Charm avec une liste d'articles. Liam avait proposé d'installer une chatière pour Ghost dans ma petite maison. Nous nous contentions de laisser une fenêtre ouverte pour Ghost. Il avait la liberté de circuler sur toute la propriété, entre chez moi, la maison de mes parents et l'ancien cottage du gardien où Liam séjournait quand il n'était pas avec moi. Étant donné l'attitude désinvolte de Ghost, je supposais qu'il se promenait partout. Je voulais une meilleure option que de laisser une fenêtre ouverte pour lui, afin qu'il puisse aller et venir à sa guise.

Ma liste en main, je suis entrée dans Hardware Charm. À certains égards, la boutique semblait figée dans le temps. Comme beaucoup de commerces du centre-ville, elle était installée au rez-de-chaussée d'une ancienne maison. Des étagères en bois tapissaient les murs avec des étiquettes soigneusement écrites à la main. Les propriétaires avaient conservé les magnifiques planchers de bois d'origine. Un ventilateur paresseux tournait au plafond. Même avec le temps plus frais de l'automne, il fonctionnait toujours.

Je me suis frayé un chemin dans le magasin avec un petit panier accroché à mon bras, rassemblant tout ce que Liam avait mis sur la liste. Alors que j'examinais la zone où clous et vis occupaient plusieurs étagères, quelqu'un a prononcé mon nom. En jetant un coup d'œil par-dessus mon épaule, j'ai trouvé Isobel Martin qui s'approchait de moi.

Isobel a souri, ses joues rondes se gonflant, et les coins de ses yeux se plissant. Avec ses cheveux bruns et ses yeux bruns, Isobel m'avait toujours fait penser à une petite poule brune. Je doute qu'elle aurait apprécié ce compliment, mais je la trouvais mignonne.

Elle était aussi curieuse comme pas possible, donc je ne doutais pas qu'elle était sur le point de me communiquer des commérages. Je lui faisais généralement plaisir, ne serait-ce que pour rester en bons termes avec Isobel. Elle était toujours une bonne source d'informations. Elle allait droit au but, et ce matin ne faisait pas exception.

S'arrêtant à côté de moi avec son panier, elle s'est penchée et a parlé dans un chuchotement conspirateur. « Donc, étant donné que ta boutique a été l'une des victimes... » Elle a fait une pause pour l'effet dramatique pendant que je réfléchissais à comment une entreprise pouvait être victime de quoi que ce soit. « J'ai une théorie. »

Elle s'est reculée, c'était mon signal pour l'inciter à continuer. Elle adorait utiliser des pauses dramatiques. « C'est quoi, Isobel ? Je meurs d'envie de savoir. »

— Eh bien, je pense que c'était Sally et Rae.

Sally et Rae, les jumelles Bishop, avaient été les auteurs involontaires de la noyade accidentelle d'Alvin. Les jumelles étaient âgées, s'ennuyaient, et, individuellement, n'étaient pas les sorcières les plus puissantes. Pourtant, quand des jumelles unissaient leurs forces, tout avait plus de pouvoir. Je me souvenais qu'Isobel avait fait un commentaire à ma cousine à propos de Sally et Rae, mais je n'y avais plus pensé depuis.

Je n'avais absolument aucune idée de pourquoi Isobel pensait qu'elles l'avaient fait. Mais j'allais mordre à l'hameçon. « Qu'est-ce qui te fait penser ça, Isobel ? »

Elle a posé une main sur sa hanche, pincé les lèvres et hoché lentement la tête. « Tu sais qu'elles ont été mortifiées par tout ce qui s'est passé avec Alvin. Je veux dire, mon Dieu, c'était tellement ridicule ! Regarde toutes les personnes qu'elles ont ciblées dans les cambriolages. C'était toutes les personnes qui ont aidé à résoudre leur crime. Elles ont atteint deux objectifs », a-t-elle dit, levant son index et le pointant droit vers le plafond. « Un, c'était une façon de se venger. Et deux... » Son deuxième doigt s'est levé, au cas où je ne saurais pas compter. « C'est une façon de détourner l'attention d'elles. Soyons honnêtes. Elles étaient dans un triangle amoureux et elles ont tué leur amant. Je veux dire, ça fait des mois, et les gens en parlent encore. Ce sont des meurtrières », a-t-elle chuchoté férocement, les yeux écarquillés, vibrant presque du scandale perçu.

Je ne pouvais m'empêcher d'être encline à la corriger. « Isobel, elles ont été inculpées et condamnées pour méfait criminel et mort accidentelle. Tu sais qu'elles n'avaient pas l'intention de le tuer, n'est-ce pas ? »

Je serais la première à reconnaître que ce n'était pas correct de chercher à blesser quelqu'un comme Sally et Rae l'avaient fait avec Alvin. Isobel avait tout à fait raison de dire que c'était le scandale de la décennie à Charm Cove – deux jumelles flirtant avec un homme âgé marié qu'elles ont accidentellement tué avec un sort de trébuchement. Oui, c'était croustillant, mais elles n'avaient pas cherché à assassiner ce pauvre Alvin.

Imperturbable, Isobel a soupiré et haussé une épaule avant de finalement baisser les deux doigts qu'elle tenait levés. « Le résultat était le même. Je sais que c'était un accident, mais bon sang, ces deux femmes ont tué leur amant. Qui sait ? Peut-être même qu'elles ont eu un plan à trois, et nous ne le savons tout simplement pas. »

J'ai dû me mordre l'intérieur des joues pour ne pas rire. Après un moment et une profonde inspiration, j'ai réussi à garder mon expression neutre. « Eh bien, je suppose que ce sont des motifs potentiels. Tu devrais peut-être en parler à Daniel », ai-je suggéré.

Je ne pensais pas que ces motifs avaient beaucoup de poids, mais j'étais prête à lui faire plaisir. J'avais suffisamment à faire sans avoir besoin d'être celle qui apporteraient ceci à Daniel.

Isobel a souri vivement. « Tu as raison », a-t-elle dit en se penchant vers moi à nouveau. « Je vais aller lui parler dès que j'aurai fini ici. »

— Fais ça. Tu es peut-être sur une piste.

Quoi qu'il en soit, cela la ferait se sentir importante. Tout ce qui la maintenait bavarde avec moi me convenait parfaitement. Isobel s'est dépêchée de partir, et je suis retournée à la recherche des fournitures pour la chatière de Ghost.

Plus tard cet après-midi à la boutique, l'une des jumelles a traversé le rideau de perles vers l'arrière. Crois-le ou non, j'étais occupée à préparer des potions. Ce n'était pas quelque chose que je faisais souvent parce que nous en avions certainement plus qu'assez, mais nous devions réapprovisionner certaines des plus populaires, la plupart étant des filtres d'amour.

— Moira ! a appelé Delia.

Levant les yeux, j'ai demandé : « Oui ? »

— Isobel Martin est ici pour te voir. Elle dit que c'est vraiment important, a expliqué Delia, remuant les sourcils avec un sourire.

Bien que les jumelles aimaient colporter des ragots, elles connaissaient la réputation d'Isobel et la trouvaient amusante.

J'ai versé une petite quantité du filtre d'amour que je préparais dans une petite bouteille en verre bleu et j'ai soigneusement vissé un bouchon avant de me lever. « J'arrive », ai-je répondu alors que le rideau de perles cliquetait doucement derrière Delia quand elle est retournée à l'avant.

J'ai trouvé Isobel dans le coin près des bijoux. Elle venait souvent acheter des bagues et des bracelets à breloques. Isobel était elle-même une sorcière, mais sa famille n'avait pas beaucoup de pouvoir. La plupart des membres de la famille étaient plutôt étourdis, ils n'avaient donc pas eu la discipline pour affiner leurs compétences et devenir plus puissants.

« Que puis-je faire pour toi, Isobel ? » ai-je demandé en m'approchant d'elle.

Elle a levé les yeux de la vitrine à bijoux où elle se tenait. « Salut, Moira », a-t-elle dit joyeusement avant de jeter un coup d'œil autour du magasin comme pour vérifier qui pourrait écouter.

Celia s'occupait d'un client dans la section santé et beauté tandis que Delia était derrière le comptoir à gérer la caisse. Nous n'étions pas très occupées pour le moment.

Isobel a posé une main sur sa hanche, baissant la voix. « Eh bien, j'ai parlé à Daniel. »

— Ah, tu l'as fait ?

Elle a hoché lentement la tête, visiblement satisfaite d'elle-même. « Je l'ai fait. Bien qu'il ait trouvé mes idées sur les motifs potentiels très bonnes, il a souligné qu'elles sont en probation. Tu sais, à cause du meurtre ? »

Comme si j'avais pu l'oublier dans le court laps de temps depuis que je l'avais vue ce matin. « Alors elles ont des bracelets électroniques à la cheville. Je ne le savais même pas », a-t-elle dit, clairement ravie d'avoir découvert ce détail.

Je n'avais pas considéré ce détail plus tôt, bien que je n'y aie pas non plus passé beaucoup de temps à y réfléchir. Pourtant, étant donné que leurs bracelets de surveillance permettraient à Daniel de savoir si elles avaient été sur l'un des lieux des cambriolages, cela les excluait clairement comme suspectes.

« Je n'y avais même pas pensé. Daniel a raison. Je veux dire, ça ne pouvait pas être elles puisque leur position est surveillée. »

Isobel a fermement hoché la tête. Malgré le fait que Daniel ait rapidement démoli sa théorie, cela la faisait clairement se sentir impliquée.

« Quoi qu'il en soit, je sais que tu gardes un œil sur les choses, donc si tu penses à autre chose, tu devrais le faire savoir à quelqu'un », ai-je proposé.

— Oh, absolument.

« Y a-t-il quelque chose avec lequel je peux t'aider dans la boutique ? » ai-je demandé.

« J'adore cette bague juste ici », a-t-elle dit, se tournant pour se pencher sur la vitrine de bijoux et tapant sur le verre. Une bague en argent plutôt voyante avec un rubis était posée au centre de la vitrine.

— Tu veux l'essayer ?

Elle a souri largement. J'ai contourné la vitrine et l'ai sortie pour qu'elle puisse l'essayer. En peu de temps, elle sortait du magasin avec sa nouvelle bague qui brillait à sa main. Après son départ, je suis retournée à l'arrière pour finir les potions que je préparais.

Environ une demi-heure avant la fermeture, Celia est entrée en hâte à l'arrière, le rideau de perles cliquetant derrière elle. « Moira ! Tu dois venir à l'avant », a-t-elle chuchoté fort.

Il y avait une note d'inquiétude dans son ton. Posant la dernière bouteille de potion que j'avais remplie pour la journée, je me suis tournée vers elle depuis l'endroit où j'étais assise à la table de travail. « Qu'est-ce qui se passe ? »

« Il y a une dame à l'avant », a-t-elle chuchoté. « C'est la même dame que nous avons vue l'autre jour, celle avec la plaque d'immatriculation du New Hampshire. »

« D'accord et...? » ai-je demandé en plaçant le bouchon sur la bouteille et en l'ajoutant au rack de potions finies.

« Eh bien, elle regarde les baguettes. Je veux dire, genre, elle les regarde depuis longtemps. » Celia parlait toujours à voix haute en chuchotant, les yeux écarquillés et ses mots sortant rapidement. « Elle pose plein de questions. C'est comme si elle pensait qu'elles sont vraiment magiques. Que devrions-nous faire ? »

« Continue simplement à faire ce que tu fais. Je vais venir à l'avant dans une seconde. Garde-la occupée, pour qu'elle ne parte pas », ai-je dit alors que Celia s'éloignait. Elle m'a fait un petit signe de la main et s'est ensuite précipitée à l'avant.

J'étais proche de terminer pour la journée de toute façon. J'ai collé les deux dernières étiquettes sur les bouteilles bleues pour *L'Amour Trouvera Son Chemin*, l'une de nos potions les plus populaires. Après avoir tout rangé et rapidement rincé mes mains dans l'évier, je suis retournée à l'avant.

La femme en question parlait avec Delia dans la section où nous avions un certain nombre d'objets décoratifs en bois. Cette section comprenait des chapelets, des porte-encens, des baguettes, et plus encore. La femme portait un jean avec un t-shirt ample associé à des chaussures en cuir noir massives et dégageait une ambiance pratique et terre-à-terre. Quand elle s'est tournée pour jeter un coup d'œil dans ma direction, ses yeux m'ont immédiatement frappée. J'ai ressenti un choc de reconnaissance dans mon corps, ce picotement familier remontant le long de ma colonne vertébrale et descendant dans mes bras pour chatouiller mes doigts.

Peu importe qui elle était, elle avait les yeux bleu clair d'une Good. Elle n'était peut-être pas *techniquement* un membre de la famille élargie Good, mais je ne doutais pas qu'au moins un membre de la famille Good existait quelque part dans son arbre généalogique. Je reconnaîtrais ces yeux n'importe où. Je n'ai vu aucun signe de reconnaissance dans son regard quand elle m'a vue. Elle a simplement souri poliment.

Delia lui a dit quelque chose d'autre sur la baguette qu'elle avait dans la main, et la femme l'a regardée avec un sourire. Elles se sont tournées pour marcher vers la caisse où Celia attendait. Les deux jumelles avaient les yeux brillants et les joues roses et vibraient de curiosité. En les regardant, j'ai réalisé que je devais leur parler de travailler à rester calmes quand elles s'excitaient pour quelque chose. Elles étaient très excitées à l'idée de découvrir qui était responsable des cambriolages et en discutaient sans arrêt dès qu'elles avaient un moment libre.

Quand la femme s'est approchée de la caisse, je l'ai saluée. « Bonjour, comment allez-vous ? J'espère que vous avez trouvé tout ce dont vous aviez besoin. »

« Oh, oui, merci beaucoup. J'adore cette petite boutique. Je suis venue la semaine dernière aussi. »

« Eh bien, nous sommes ravis de l'entendre. Êtes-vous d'ici ? » ai-je demandé en retour.

« Pas vraiment. J'ai hérité d'une maison de vacances ici d'un membre de la famille, alors je suis venue pour un mois. J'étais entre deux emplois, donc ça semblait être un bon moment pour venir voir la maison. »

« Oh, où est votre maison ? » ai-je demandé. « Pas pour être indiscrète, mais nous sommes des locaux, et nous aimons que tout le monde se sente bienvenu. Nous aimons particulièrement savoir quand de nouvelles familles reviennent en ville. »

La femme a hoché la tête, ajustant ses lunettes sur son nez. Elle avait des cheveux courts et foncés avec des mèches d'argent. Sa silhouette était mince, et ses traits étaient tranchants, son nez presque pointu. Malgré la sévérité de son apparence, elle était charmante.

« Je n'étais même jamais allée dans cette maison jusqu'à ce que je vienne la semaine dernière. L'une des cousines de ma mère en était propriétaire, mais elle n'a jamais eu d'enfants, donc quand elle est décédée, elle m'a laissé la maison. C'était une surprise totale. À ma connaissance, personne dans la famille n'est même allé dans la maison depuis qu'elle était une petite fille, ce qui remonte à plus de cinquante ans. Alors me voilà. »

« Si ça ne vous dérange pas que je demande, où est la maison ? » ai-je demandé, croisant les doigts derrière mon dos et espérant qu'elle ne se souciait pas de répondre à mes questions.

Elle a souri en posant deux baguettes et quelques autres articles sur le comptoir. Celia a immédiatement commencé à les enregistrer et lui a demandé si elle voulait que quelque chose soit emballé.

« Oh, oui s'il vous plaît. Juste du papier de soie pour les protéger ira », a-t-elle répondu. En me regardant à nouveau, elle a répondu à ma question. « C'est la grande vieille maison rouge sur la falaise au-delà de la ville. Près du phare, en fait. J'ai eu un peu peur la semaine dernière quand j'ai entendu parler de ces cambriolages, mais tout semble bien jusqu'à présent. Elle a été vacante pendant longtemps, donc elle a besoin de beaucoup de travaux. D'après ce que nous avons pu découvrir, la cousine de ma mère venait ici en été avec ses parents. Ils sont morts quand elle était petite fille, et elle a été envoyée vivre avec un autre parent. Si quelqu'un connaissait l'existence de la maison, personne ne l'utilisait. »

« Oh », ai-je dit, me mordant la langue pour m'empêcher de la bombarder de questions. Les rouages tournaient dans mon cerveau.

La seule vieille maison rouge que je connaissais près du phare était réputée être l'une des premières maisons de Charm Cove. Elle avait, en fait, été vacante aussi longtemps que je pouvais me souvenir. Tout le monde présumait qu'elle avait appartenu à l'origine à une famille de sorcières. Si c'était vrai, cela signifiait que cette femme descendait peut-être de sorcières. Je n'avais aucune idée si elle avait la moindre notion de son potentiel historique familial.

Malgré ma suspicion initiale de la semaine dernière lorsque nous avions entendu parler de cette femme, je ne sentais rien d'anormal chez elle. Elle semblait assez inoffensive, mais je venais seulement de la rencontrer.

Celia a croisé mon regard, ayant besoin d'interrompre notre conversation pour finir d'encaisser la femme. J'ai hoché la tête, restant silencieuse pendant que Celia lui donnait le total, et qu'elle payait. La femme avait choisi deux magnifiques baguettes, toutes deux sans magie insufflée. Dès que Celia a remis les articles à Delia pour les emmener à l'arrière pour les emballer, je l'ai suivie et j'ai rapidement jeté un sort d'élimination sur elles avant d'en échanger une contre une autre de l'arrière-boutique. Pour être sûre, si ces baguettes avaient jamais contenu de la magie, cela l'annulerait.

Delia a jeté un coup d'œil par-dessus son épaule. « Qu'est-ce que tu fais ? » a-t-elle demandé.

« Je m'assure qu'il n'y a absolument plus de magie dans ces baguettes et je vérifie celle-ci pour voir pourquoi elle s'y intéressait tant. Je vous adore, les filles, mais on sait que vous avez parfois fait des farces avec les baguettes. Je ne vous accuse de rien. Je joue simplement la carte de la sécurité. »

Delia a ri et haussé les épaules. « C'est vrai. Je ne pense pas que nous ayons jamais rien fait avec celles-ci, mais c'est bien de vérifier juste au cas où. »

« Je vais finir tout ce qui est à faire ici, d'accord ? »

Delia a hoché la tête alors qu'elle finissait d'emballer le papier de soie autour des baguettes, puis les a placées dans un mince sac en papier décoratif.

« Vas-y et prépare tout pour la fermeture », ai-je appelé juste avant qu'elle ne retourne à l'avant.

J'ai pris rapidement la décision d'utiliser la magie pour entrer dans la maison de cette femme, de préférence avant qu'elle ne rentre chez elle. Jetant un coup d'œil à l'horloge au-dessus de la porte, j'ai vu qu'il nous restait cinq minutes avant la fermeture.

J'ai rapidement appelé Emma pour confirmer qu'elle était en route pour venir chercher ses deux jeunes sœurs.

« Je suis déjà garée devant », a-t-elle dit en riant. « Pourquoi cette urgence ? »

« Eh bien, cette femme du New Hampshire est ici, et je viens de découvrir où elle séjourne. Je pense que des sorcières possédaient cette maison auparavant, alors je vais faire un peu d'espionnage. »

Emma a haletée. « Tu es sérieuse ? »

« Bien sûr que je suis sérieuse. Ne t'inquiète pas, tout ira bien. Si ça ne te dérange pas de venir maintenant, tu peux aider les filles à fermer. Ensuite, je partirai devant. »

J'ai entendu sa portière de voiture claquer alors qu'elle marmonnait : « Mon Dieu, tu es folle. »

En quelques secondes, j'ai entendu la clochette tinter au-dessus de la porte d'entrée, les filles parlant toujours avec la femme à l'avant.

Emma est venue à l'arrière. « Je n'arrive pas à croire que tu fais ça, mais je suis là. »

« Tu sais comment fermer, n'est-ce pas ? »

Emma a roulé des yeux. « Bien sûr que je sais comment fermer. On a travaillé ici ensemble pendant tout le lycée. Si tu ne penses pas que ma mère ne m'a pas fait remplacer parfois pendant que tu étais absente, alors tu es encore plus folle que je ne le pensais. »

J'ai ri. « Bien sûr. Quoi que tu fasses, ne dis pas à Celia et Delia ce que je fais, d'accord ? »

Cela m'a valu un autre roulement d'yeux. « Bien sûr que non. Ces deux-là n'ont aucune idée de comment tenir leurs langues. » Sur ce, elle a fait un rapide signe de la main et a pivoté pour retourner à l'avant.

J'ai pris une profonde inspiration, concentré mon pouvoir, puis créé un vortex de fumée, visant exactement là où je voulais aller. Quand la fumée s'est dissipée, je me tenais à l'étage supérieur de la vieille maison. C'était silencieux et avait un sentiment de vide, comme si personne n'avait été ici depuis bien trop longtemps.

J'ai rapidement vérifié l'étage, trouvant six chambres complètement vides, sans même un seul meuble. Une chambre était au bout du couloir, que je présumais être la chambre principale, et contenait un seul lit et une table pliante à côté. Une commode était poussée contre le mur en face du lit. Dans la grande pièce caverneuse, mes pas résonnaient fortement sur le sol tandis que je la traversais.

J'ai supposé qu'Abby utilisait cette pièce comme sa chambre. Je ne savais pas combien de temps j'avais pour fouiner, mais j'ai estimé que le trajet depuis le centre-ville prenait environ quinze minutes. Je me suis dépêchée de descendre, mes pas résonnant. La maison était une belle vieille maison coloniale. Les planchers en bois brillaient sous la lumière projetée à travers les hautes fenêtres. Le soleil se couchait derrière la maison avec des stries orange, rouge et or du ciel se reflétant sur les sols. Les murs étaient peints d'une couleur crème douce avec des lambris qui montaient à mi-hauteur et une garniture décorative au bord du plafond. La maison faisait face à l'océan, offrant une vue magnifique.

C'était étonnant que personne dans la famille n'ait réclamé cette maison pendant toutes ces années. Indépendamment de toute réflexion sur le pouvoir des sorcières, n'importe qui aurait pu obtenir une jolie somme pour cette maison s'il l'avait vendue. Comme la plupart des maisons d'origine dans cette région, à moins que la propriété n'ait été subdivisée, Abby possédait maintenant un bon cinquante acres ou plus directement sur l'océan Atlantique. Parlons d'un bien immobilier de choix.

La Nouvelle-Angleterre avait été fortement peuplée il y a des années, avec de nombreuses magnifiques propriétés achetées avant que quiconque ne sache à quel point l'immobilier côtier deviendrait précieux ici. Trouver un morceau de terre comme celui-ci, eh bien, c'était comme trouver un diamant en marchant simplement sur un chemin de terre.

Le rez-de-chaussée avait un escalier central incurvé à l'avant, menant à un vestibule. Semblable aux plans d'étage de la plupart des maisons coloniales dans cette région, un côté du rez-de-chaussée comprenait la cuisine et la salle à manger, et l'autre un salon formel et un salon moins formel. Un grand porche courait sur toute la largeur de la maison à l'arrière.

Il ne semblait pas qu'Abby passait beaucoup de temps dans le salon du rez-de-chaussée. La seule zone qui avait un sentiment de présence au rez-de-chaussée était la cuisine et la salle à manger. Semblable à la maison de mes parents, cette maison avait une grande baie vitrée dans la cuisine avec un coin repas qui donnait sur l'océan. La salle à manger offrait une vue spectaculaire similaire. Rien n'indiquait que quelqu'un d'autre avait été ici, donc j'étais assez certaine que c'était juste elle.

Entendant du gravier craquer sous des pneus, je me suis précipitée à l'étage, espérant me cacher et écouter. Elle était de retour plus tôt que je ne l'avais prévu, mais je pouvais facilement disparaître sans laisser de trace. Je me suis précipitée dans ce qui semblait être l'ancienne nurserie et me suis cachée dans un placard. J'ai écouté ses pas entrer. Le son résonnait à travers les planches du plancher alors qu'elle marchait dans la cuisine puis montait à l'étage.

Comme je m'y attendais, ses pas ont dépassé la nurserie et sont entrés dans la chambre principale. Juste au moment où je commençais à penser que c'était un peu idiot, elle a passé un appel téléphonique.

Heureusement, dans ces vieilles maisons, surtout celles qui n'avaient pas été rénovées, les murs étaient si minces qu'il était facile d'entendre à travers. Sans meubles, tapis ou rideaux en tissu pour étouffer sa voix, je pouvais l'entendre aussi clairement qu'une cloche.

— Salut, a dit Abby à qui que ce soit au bout de la ligne.

Il y a eu un moment de silence, puis elle a parlé à nouveau. « Maintenant j'ai quatre baguettes. Je ne sais pas ce que tu penses que je vais pouvoir faire avec, cependant. »

Un autre silence, et j'aurais donné n'importe quoi pour pouvoir entendre qui que ce soit à l'autre bout de l'appel.

« Tu penses vraiment que je suis une vraie sorcière ? »

Mes oreilles se sont dressées si fort à ce moment qu'elles vibraient presque.

Un autre long silence.

« Eh bien », a-t-elle dit, son ton sceptique. « Je peux rester encore quelques semaines, mais ensuite je dois rentrer chez moi. Quant à la maison, comme je te l'ai dit, elle est magnifique. »

Les pauses me tuaient.

« Je ne suis pas intéressée à prendre une décision concernant sa vente pour le moment. Je sais qu'elle vaut beaucoup d'argent. Le terrain seul l'est, mais j'aimerais un peu de temps pour décider ce que je veux en faire. De plus, comme je te l'ai dit, je pense que quelqu'un est entré par effraction et a fouillé le grenier. Je ne sais pas s'il est judicieux de dire quoi que ce soit à la police. »

Dieu, j'aurais donné presque n'importe quoi pour entendre ce qui était dit à l'autre bout.

« D'accord, c'est ce que je pensais. Étant nouvelle ici et avec tous ces cambriolages, je ne veux pas attirer l'attention sur moi. »

Encore une pause insupportable.

« Non, je suis presque sûre que la maison n'est pas hantée, et rien de magique n'y est entreposé. Toute la maison était pratiquement vide. »

Mes oreilles allaient tomber si ça continuait.

Alors qu'elle parlait, j'ai entendu ses pas bouger, et voilà qu'elle donnait à son interlocuteur une description de chaque pièce. J'ai pensé qu'il valait mieux que je fasse ma sortie pendant que c'était sûr. Je ne voulais pas de traces persistantes de fumée après son passage.

Autant que je voulais rester et entendre ce qu'elle avait d'autre à dire, j'ai fermé les yeux, concentré mon attention, et puis fait tourbillonner la fumée autour de moi en faisant ma sortie. À mon retour, je me suis matérialisée dans les toilettes de

Persnickety Potions & Gifts. J'ai supposé que les filles étaient parties maintenant, et de cette façon, je serais vue quittant le magasin comme d'habitude.

En traversant la place quelques instants plus tard, une rafale de vent a soufflé, envoyant un tourbillon de feuilles dans l'air crépusculaire — des taches orange, rouges et jaunes brillant contre la pénombre alors qu'elles se dispersaient sur la route.

CHAPITRE NEUF

Ce soir-là, j'ai raconté à Liam ma visite chez cette femme. Avec Fantôme qui nous observait depuis son perchoir sur la table basse et la télévision qui bourdonnait doucement en fond, Liam a plissé les yeux en me regardant.

— Alors comme ça, tu te téléportes maintenant dans les maisons d'inconnus ?

Le coin de sa bouche s'est relevé en un sourire. Son sourire avait l'effet habituel sur moi, envoyant une vague de chaleur dans mon ventre, mais je l'ai ignorée pour le moment.

— Eh bien, je me suis dit que c'était le moyen le plus rapide de voir ce qui se passait. Pas de risque, pas de problème. En plus, j'ai découvert qu'elle pense que quelqu'un s'est peut-être introduit chez elle, ai-je expliqué.

Il est resté silencieux quelques instants, puis a lentement secoué la tête.

— Sois prudente, Moira.

— Je savais qu'elle n'était pas chez elle, donc je me suis dit que j'avais le temps, et c'était le cas. J'ai ressenti un pincement d'irritation envers lui. Je n'appréciais pas qu'il me mette en garde contre quelque chose que j'avais manifestement parfaitement géré.

— Bon, sois juste prudente.

— Peu importe, ai-je finalement dit. Quoi qu'il en soit, nous devons découvrir l'histoire de cette famille. Elle s'appelle Abigail Proctor. Elle s'est présentée comme Abby.

— Comment connais-tu son nom de famille alors ?

— Parce qu'il était sur sa carte de crédit, ai-je dit en haussant les épaules. Que savons-nous de cette famille ? Cette maison est vacante depuis aussi longtemps que je me souvienne. Il y a beaucoup de maisons dans le coin que les gens utilisent comme résidences d'été, donc ce n'est pas inhabituel, mais celle-là reste juste là. Personne ne vient même en été.

Liam a acquiescé, le regard pensif.

— Je sais. Je n'y avais pas vraiment réfléchi. Elle est juste assez éloignée de la route pour qu'on ne la voie pas, donc c'est facile d'oublier qu'elle est là. Je vais demander à mes parents. Tu devrais définitivement demander aux tiens. Avec ta mère qui dirige sa société de gestion immobilière, elle doit avoir une idée de qui en est propriétaire et s'ils l'ont déjà mise en location. À mon hochement de tête, il a continué. Qu'est-ce qu'elle a acheté au magasin ?

— Deux baguettes différentes et des bijoux. Rien d'inhabituel, mais elle était très curieuse à propos des baguettes et a posé une tonne de questions à Delia. J'ai d'ailleurs échangé l'une d'entre elles juste pour y jeter un coup d'œil plus attentif.

Je me suis levée du canapé et me suis dirigée vers le comptoir de la cuisine, prenant la baguette que j'y avais posée en rentrant. Quand je l'ai ramenée au canapé, je l'ai placée sur la table basse, et Fantôme a immédiatement commencé à l'examiner, la reniflant et la touchant légèrement avec sa patte. Fantôme était définitivement un chat à part.

Liam l'a remarqué, me jetant un coup d'œil et haussant un sourcil.

— Oui, je sais, ai-je dit. Il l'a déjà sentie tout à l'heure. Je pensais qu'il allait la marquer ou quelque chose comme ça.

— Y avait-il de la magie dedans ? a demandé Liam.

— Juste un peu. De temps en temps, nous vendions des baguettes avec un peu de magie, généralement des sorts bénins. Celle-ci avait été enchantée avec un sort de localisation. Normalement, je n'aurais pas hésité à la laisser partir parce que c'était un sort faible qui s'estomperait en quelques jours, mais avec tout ce qui avait été pris, je ne voulais pas que des objets enchantés quittent le magasin. Je devais m'assurer de vérifier s'il restait des articles magiques dans le magasin et d'éliminer les sorts.

— Un peu de quoi ?

— À peine un sort de localisation. Mais avec ce qui a déjà été pris dans le magasin, on dirait que quelqu'un essaie de récupérer de la magie. Je suis curieuse de savoir si tout le reste va dans le même sens. Je vais passer chez mes parents demain matin avant d'aller au travail parce qu'ils faisaient l'inventaire avec Opal et Theo. En plus, je dois la mettre au courant de ce qui s'est passé cet après-midi.

Liam a hoché la tête. Je ne saurais dire pourquoi, mais il semblait que ma téléportation dans cette maison le dérangeait. Et ça me dérangeait que ça le dérange.

J'ai plissé les yeux, l'observant, puis j'ai décidé de lui demander directement.

— Écoute, je comprends que tu puisses être contrarié si je m'introduisais vraiment par effraction quelque part, mais j'essayais juste de voir ce qui se passait. Pourquoi t'inquiètes-tu autant ?

Liam a soutenu mon regard, ses yeux s'assombrissant un moment. Avec un hochement de tête brusque, il a soupiré, mettant son visage dans ses mains et passant ses doigts dans ses cheveux. Quand il a relevé la tête, le regard dans ses yeux a fait s'emballer mon pouls. Je connaissais ce regard, mais je ne l'avais pas vu depuis que j'avais fait exploser notre relation par jalousie.

Ce que nous avions eu au lycée semblait stupide avec le recul, mais c'était certainement intense. Quand nous nous étions séparés, j'avais décidé de faire de mon mieux pour laisser mon destin derrière moi. C'était raté.

Nous faisions ces pas hésitants l'un vers l'autre, tournant prudemment autour de nous-mêmes. Je suppose que si j'avais eu une minute à moi, j'aurais remarqué qu'il était tout aussi méfiant envers moi que je l'étais envers lui.

À l'instant, avec ce regard dans ses yeux, pendant un éclair, je me suis souvenue de ce que nous avions ressenti avant et j'ai regretté de ne pas avoir été assez mature pour me contenir.

— Je ne suis pas contrarié, Moira, a-t-il finalement dit. Je m'inquiète pour toi. Je veux dire, quelqu'un t'a suivie l'autre soir, et c'est plutôt effrayant. Il a fait une pause comme s'il réfléchissait à ses mots avant de secouer à nouveau la tête et de continuer. Tu as toujours été le genre de sorcière qui fait ce qu'elle veut. Je ne veux pas que tu penses que je t'en veux encore pour ce qui s'est passé, parce que ce n'est pas le cas, mais... tu vois ce que je veux dire, a-t-il dit avec un petit rire.

— C'est ça, tu veux dire quand j'ai accidentellement mis le feu à un bâtiment parce que j'étais jalouse ?

Avec un sourire narquois, il a hoché la tête avant que son expression ne devienne grave.

— Je ne connais pas cette Abby. Je ne sais pas vraiment ce qui se passe, aucun de nous ne le sait, mais je veux juste que tu sois prudente. C'est tout. Si je pouvais faire ce que tu as fait, je te demanderais de m'emmener avec toi. Mais ce n'est pas ma magie.

Stupéfaite par ses paroles, je l'ai simplement regardé fixement. Je n'avais pas beaucoup réfléchi à l'idée qu'il puisse s'inquiéter pour moi. J'étais trop occupée à essayer de tenir mes propres sentiments à distance.

Ma poitrine s'est serrée et ma respiration est devenue superficielle. Juste après ma profonde inspiration, Fantôme a opportunément sauté sur le canapé entre nous, son ronronnement résonnant. J'ai gratté son menton tout en soutenant le regard de Liam.

— D'accord, je comprends. Je ne ferai rien sans que quelqu'un ne soit au courant. J'ai fait ça sur un coup de tête parce qu'elle était au centre-ville, et je me suis dit que j'avais une chance d'entrer pendant qu'elle était absente. Je l'ai dit à Emma, ai-je proposé avec un petit sourire.

— Je comprends pourquoi tu l'as fait, et je ne peux pas t'imaginer ne pas le faire, mais sois juste prudente. Je vais demander à mes parents ce que nous savons sur la famille qui possédait cette maison, et tu fais de même. Sais-tu si quelqu'un a réussi à déterminer ce qui a disparu du phare ? a-t-il demandé, détournant efficacement le sujet de nous deux.

— Non. Demain, je vais retrouver ma mère pour un café, et j'avais prévu de lui demander. Je sais qu'elle et tante Lea avaient prévu de parler avec Nathan. Est-ce que Nathan a des idées ?

S'enfonçant dans les coussins, Liam a étiré son bras sur le dossier du canapé. Ses doigts ont effleuré mes cheveux, envoyant un frisson subtil en moi.

— Non. Nathan est un type formidable, mais je ne pense pas qu'il ait fait un inventaire quand il a commencé à gérer le phare.

— Eh bien, nous devons juste continuer à chercher. Entre nous tous, nous découvrirons qui est responsable et ce qu'ils voulaient.

Il a capté mon regard, la chaleur dans ses yeux me coupant le souffle.

— Nous y arriverons, a-t-il dit, sa voix rauque envoyant une décharge de chaleur en moi.

Ses mots semblaient avoir plus d'un sens.

CHAPITRE DIX

Le lendemain matin, je me glissai sur une chaise en face de ma mère au Magic Beans. Elle avait les cheveux tressés, les mèches argentées ressemblant presque à des ornements parmi ses boucles sombres. Ses yeux verts se plissaient aux coins lorsqu'elle me souriait.

— Bonjour, ma chérie, dit-elle en prenant rapidement une gorgée de son café. Lea devrait arriver d'une minute à l'autre. Comment vont les choses à la boutique ?

— Oh, tu sais, comme d'habitude. Toujours aussi occupée. Je voulais vous rencontrer parce que...

Mes paroles s'estompèrent quand j'entendis la voix de tante Lea de l'autre côté du café. En me retournant, je la vis nous faire signe.

Elle était l'image même de l'élégance dans une jupe ajustée qui s'évasait aux chevilles. Elle portait aujourd'hui des bottines de marche pratiques et un chemisier blanc fluide. Ses cheveux étaient noués en chignon, et ses lunettes repoussées sur le haut de sa tête.

— J'attendrai qu'elle nous rejoigne, dis-je à ma mère, sachant que cela m'éviterait d'avoir à tout répéter.

— Bien sûr.

Ma mère fit signe à une femme qui passait et que je ne reconnaissais pas. Ma mère lut la question dans mes yeux et répondit avant que j'aie eu le temps de la poser.

— C'est la cousine d'Opal Good. Elle est en visite depuis l'été. Je n'arrive pas à croire que tu ne l'aies pas encore rencontrée.

Je haussai les épaules. La réalité était que le monde des sorcières avait des familles tellement étendues qu'il était presque impossible de suivre tous ceux qui entraient et sortaient de Charm Cove.

Tante Lea nous rejoignit, se penchant pour me donner une étreinte parfumée au romarin avant de s'asseoir avec élégance.

— J'ai *vraiment* besoin de ce café aujourd'hui, s'exclama-t-elle. Elle prit une gorgée puis soupira, concentrant immédiatement son attention sur moi. Bon, allons droit au but. Emma m'a mentionné où tu es allée hier après-midi, et les jumelles mouraient d'envie de savoir pourquoi tu étais partie tôt.

Après une bonne gorgée de mon café, je répétai rapidement les événements de la veille.

— J'ai donc attendu dans le placard de la chambre d'enfant. Je me suis dit que si je devais m'échapper rapidement, c'était une bonne option. Elle a fini par passer un coup de téléphone. Pour la première fois de ma vie peut-être, j'étais contente que les murs des vieilles maisons d'ici soient si minces. Je ne sais évidemment pas à qui elle parlait, mais ils ont définitivement discuté des baguettes qu'elle a obtenues à la boutique et si la maison était hantée. Elle a aussi mentionné qu'elle pensait que quelqu'un s'était introduit dans la maison, et j'ai eu l'impression qu'on lui demandait si elle avait l'intention de vendre la propriété. J'aurais aimé entendre leurs questions, mais c'était impossible. J'ai demandé à Liam de parler à ses parents pour en savoir plus sur la famille qui possédait cette maison. Abby a dit qu'elle l'avait héritée de la cousine de sa mère qui n'a jamais eu d'enfants. Pour autant que je sache, personne n'y a vécu depuis des années. Est-ce que vous savez si quelqu'un y est venu pour l'été ? Ou si vous l'avez déjà louée à quelqu'un ? demandai-je en regardant ma mère.

Ma mère secoua fermement la tête.

— C'est un non catégorique. Crois-moi, tous ceux qui travaillent dans l'immobilier côtier du Maine savent que cette propriété est restée vide pendant des décennies, mais chaque fois que j'ai fait des demandes, nous n'avons jamais reçu de réponse. Quant à savoir si quelqu'un y est venu pour l'été, ça fait...

Elle s'interrompit, jetant un coup d'œil à sa sœur.

Tante Lea tambourina des ongles sur la table et pencha la tête sur le côté. Elle et ma mère hochèrent la tête simultanément.

— Nous allions y jouer de temps en temps l'été quand nous étions petites, dit-elle lentement.

Bien que Lea fût la belle-sœur de ma mère, elles avaient grandi comme meilleures amies dans la petite ville de Charm Cove. Le mariage de ma mère avec mon père, le frère aîné de Lea, avait cimenté leur relation de sœurs.

— Je ne pense pas que nous y soyons retournées depuis nos dix ans, ajouta ma mère.

Tante Lea hocha lentement la tête, le regard distant.

— Je ne crois pas que nous soyons jamais entrées dans la maison, cependant. Nous jouions simplement sur la plage quand les enfants sortaient en été. Je vais devoir réfléchir très fort pour me souvenir de leurs noms.

— Eh bien, si vous avez toutes les deux la soixantaine...

Je m'interrompis lorsque leurs regards perçants se tournèrent vers moi.

Tante Lea arqua un sourcil.

— Ma chérie, je suis en train de vaincre le cancer juste devant toi. L'âge ne m'atteint pas.

Ma mère semblait également légèrement offensée, mais elle se contenta de pincer les lèvres.

Je poursuivis.

— Ce que je voulais dire, c'est qu'il y a probablement

cinquante ans que personne n'y a mis les pieds, mais nous devrions nous renseigner discrètement. Quand Delia a noté le numéro de plaque l'autre jour, j'ai demandé à Daniel de vérifier. Je vais passer le voir aussi. Je dois lui dire ce qu'elle a mentionné sur une possible intrusion. Que faites-vous aujourd'hui ? demandai-je.

C'était dimanche, donc un rare jour de congé pour moi.

— Nous allons au phare. Nathan nous y retrouve pour nous faire entrer. Il a dit que nous pourrons disposer de l'endroit aussi longtemps que nécessaire, proposa ma mère.

— Pourquoi ne viendrais-je pas avec vous ?

J'étais assez curieuse de voir le phare, ne serait-ce que parce que j'aimais les vieux endroits. Le phare avait près de trois cents ans et fonctionnait à la magie.

— Viens, je t'en prie. J'ai même laissé un message à Emma pour voir si elle pouvait nous y rejoindre. Si tu l'appelles, elle viendra plus probablement, dit tante Lea en riant.

— Que savons-nous du nom de famille Proctor ? demandai-je, revenant au sujet de la femme qui avait hérité de la maison d'été ici.

— Eh bien, les Proctor sont définitivement une vieille famille de sorcières. Quelques Proctor sont venus de Salem. Pas quand notre famille s'est installée ici, mais quelques années plus tard. Un Proctor a été pris dans les procès des sorcières de Salem et a été exécuté. Comme beaucoup de familles, ils ont des parents dans toute la Nouvelle-Angleterre. J'imagine que cela a affecté la famille et que cette tache persiste peut-être encore, dit ma mère.

— Maman, tous ceux qui vivaient à la fin des années 1600 sont morts. Les sorcières sont puissantes, et nous vivons peut-être plus longtemps que la moyenne, mais nous ne vivons pas quatre cents ans. Nous ne sommes pas des vampires ou des zombies.

Ma mère faillit recracher son café, et tante Lea rejeta la tête en arrière en riant.

Après avoir tamponné ses lèvres avec un mouchoir, ma mère dit :

— Je voulais simplement souligner que ce nom de famille est connu pour être lié aux sorcières. Mais cela ne signifie pas que tout le monde portant ce nom est une sorcière.

— Je pense que nous devrions en apprendre davantage sur la famille. Abby a dit qu'elle venait du New Hampshire, juste à côté de Nashua.

— Oh, je vais appeler ton frère aîné Gabriel et le mettre sur cette piste. Tu le connais, il adore suivre des indices en ligne, dit ma mère avec un sourire.

Mon frère aîné Gabriel était un geek technologique et un sorcier – une combinaison plutôt dangereuse s'il n'était pas si gentil. Il ne vivait pas actuellement à Charm Cove, bien que la rumeur disait qu'il avait l'intention de revenir bientôt.

— Des nouvelles de Gabriel d'ailleurs ? demandai-je.

Gabriel avait occupé quelques postes haut de gamme pour des entreprises technologiques en Californie. Il gagnait des tonnes d'argent et appréciait son travail. Il se concentrait principalement sur le codage, mais il était également expert-comptable judiciaire grassement payé pour traquer des comptes cachés à travers le réseau de pistes en ligne. Pourtant, tout comme moi, ma famille aimerait qu'il revienne à Charm Cove. Nous parlions occasionnellement, et il restait généralement vague sur ses projets. Je sentais qu'il hésitait, exactement comme je le faisais avant.

Notre famille était aimante, mais elle ne se retenait pas d'essayer de fixer l'agenda de la vie de chacun. Au moins, il n'était pas lié à une prétendue destinée.

— Eh bien, commença ma mère avec un sourire fier entre deux gorgées de café, il m'a dit l'autre jour qu'il envisageait de revenir à la maison et de travailler à distance. Il aimerait créer sa propre entreprise maintenant qu'il a suffisamment de connexions. Entre ses pouvoirs et son intelligence, il peut pratiquement faire ce qu'il veut.

— Tellement vrai, dit fermement tante Lea, son sourire fier reflétant celui de ma mère.

Sans fils à elle, tante Lea adorait mes frères, dont aucun ne vivait actuellement à Charm Cove.

Gabriel était mon frère aîné ; sans surprise, il portait le prénom de notre père. Après lui venaient Nathaniel, Albert et Cameron. Nathaniel était également plus âgé que moi, tandis qu'Albert et Cameron étaient plus jeunes. Albert et Cameron étaient tous deux encore à l'université. Albert était à l'UMASS à Amherst, Massachusetts, et Cameron était à Boston, à l'Université de Boston. Nathaniel était aussi féru de technologie que Gabriel, bien qu'il travaillait entièrement à son compte comme consultant. Je m'attendais à ce qu'il passe par Charm Cove bientôt. Récemment, il voyageait.

Jetant un coup d'œil à ma montre, je réalisai que la matinée s'écoulait rapidement.

— À quelle heure allez-vous au phare ? demandai-je.

— Dès que nous aurons fini ici, répondit ma mère.

— D'accord alors, dis-je en me levant. Je vous y retrouve dans un petit moment. Je veux d'abord passer à l'épicerie avant de faire quoi que ce soit d'autre aujourd'hui.

CHAPITRE ONZE

Après un rapide passage au magasin et un détour par chez moi, je me suis dirigée vers le phare de Beacon's Charm peu après, récupérant ma cousine Emma en chemin. Elle est montée dans ma petite voiture en gloussant. — Je n'arrive pas à croire qu'on fasse ça, m'a-t-elle dit en guise de salutation.

— Pourquoi les laisser s'amuser sans nous ?

— Je sais, mais tu connais ma mère. Elle est complètement absorbée par cette *enquête*. Je te jure qu'elle a besoin de s'occuper davantage ces temps-ci. Je suis contente que tu aies pris la relève à la boutique, mais maintenant elle s'ennuie.

S'il existait une pression plus forte que celle de ma famille, c'était certainement celle qu'exerçait Tante Lea sur Emma. Elle voulait qu'Emma reprenne tout ce qu'elle faisait, ce qui expliquait principalement pourquoi Emma n'avait pas sauté sur l'occasion de gérer Persnickety Potions & Gifts. Tante Lea aurait surveillé ses moindres faits et gestes chaque minute de chaque jour si elle l'avait fait.

Pourtant, je n'avais qu'une sympathie limitée pour Emma parce qu'elle n'avait pas cette histoire de *destin* qui pesait sur ses épaules.

— Hé, ta mère est aussi pénible avec moi qu'avec toi. Tu n'es pas responsable de la paix future de toute notre famille.

Emma m'a adressé un large sourire. — Je sais.

À peine avais-je prononcé ces mots que mon esprit s'est tourné vers le regard de Liam la nuit dernière. Le destin était une chose étrange. D'une certaine façon, on pourrait penser qu'il simplifie tout, mais ce n'était pas le cas. Du moins, pas pour moi. Car il me faisait douter de la réalité de notre relation. Quand j'étais plus jeune, insouciante et téméraire, je m'étais accrochée à l'idée de mon destin avec Liam à bras-le-corps, l'étreignant pratiquement comme un ours. Avec le recul, je ne pensais pas que cela avait été très utile. J'y avais attaché trop d'émotion.

J'ai chassé ces pensées et jeté un coup d'œil à Emma. — En parlant de destin, quoi de neuf dans ta vie amoureuse ces temps-ci ?

Emma a soupiré de façon plutôt théâtrale. — Rien, absolument rien. Depuis que Joel a rompu avec moi, personne ne m'intéresse. Ce n'est pas comme si je voulais qu'il revienne. Parce que, soyons honnêtes, j'aurais dû prétendre ne pas être une sorcière pour le reste de ma vie pour être avec lui, mais ça fait toujours mal qu'il ait autant paniqué, a-t-elle expliqué, faisant référence à Joel qui l'avait complètement rejetée après qu'elle ait accidentellement ramené une fleur à la vie devant lui. Emma n'avait pas eu besoin de beaucoup de magie pour le faire. Les plantes, c'était son truc.

L'inconvénient majeur de grandir comme sorcière dans une famille de sorcières dans une ville de sorcellerie, c'était qu'il était beaucoup trop facile d'oublier de cacher ses pouvoirs. Comme elle me l'a expliqué, elle n'y pensait même pas. Après que Joel ait vu ce qu'elle avait fait et qu'il ait un peu paniqué, elle a commis l'erreur d'essayer de lui parler de sa vraie nature. Ça ne s'était *pas* bien passé du tout.

C'était une autre raison pour laquelle les familles de sorcières avaient tendance à rester ensemble. Essayer de vivre une relation amoureuse quand les gens ne savaient pas ce que vous étiez vraiment, c'était un peu compliqué.

— Eh bien, pourquoi ne pas simplement laisser les choses se faire ? La bonne personne pourrait se présenter, ai-je proposé.

— Facile à dire pour toi. Ta vie amoureuse est toute tracée.

En prenant la route qui serpentait le long de la côte, je l'ai regardée. — Tu sais, ça ne rend pas vraiment les choses plus faciles. Comme tu peux le voir. Si c'était si simple, Liam et moi n'aurions jamais rompu.

Emma a soupiré. — Je sais. Je ne voulais pas insinuer que c'était facile. Je n'imagine pas comment je me sentirais si j'étais celle qui portait le poids du destin sur ses épaules.

— Tu te rebellerais, ai-je dit en riant.

— Totalement. Je déteste qu'on me dise quoi faire, a-t-elle répondu avec un rire ironique.

Tout en conduisant, j'ai entrouvert les fenêtres pour laisser entrer l'air frais. L'automne en Nouvelle-Angleterre était magnifique. Avec l'odeur vivifiante de l'océan et les feuilles éclatantes qui se détachaient sur le ciel bleu, je me sentais pleine d'énergie. J'observais les vagues qui roulaient vers la côte, se brisant doucement contre les rochers aujourd'hui.

En quelques minutes, je me suis arrêtée de l'autre côté de la rue face au phare. La porte était déverrouillée, alors nous sommes entrées. On pouvait entendre des voix provenant de l'étage supérieur qui résonnaient dans la cage d'escalier. Emma et moi avons monté les marches et avons trouvé nos mères dans la pièce principale à l'étage. Elles avaient étalé des objets partout tandis que tante Lea tenait un petit carnet à la main et faisait l'inventaire.

— Oh wow, ai-je dit en regardant autour de moi. — Vous avez été occupées toutes les deux.

Ma mère a levé les yeux avec un sourire malicieux. — Pas vraiment. J'ai utilisé un sort d'appel. J'ai demandé à tout ce qui était magique dans le bâtiment de venir ici, et c'est ce qui s'est passé. Ça ne nous dira pas ce qui manque, évidemment, mais ça pourrait aider. Pourquoi est-ce que vous deux n'allez pas jeter un coup d'œil rapide et voir s'il reste quelque chose ouvert ?

— Qu'est-ce que tu veux dire par « rester ouvert » ? a demandé Emma.

— Eh bien, par exemple, ça, a dit ma mère, pointant du doigt un balai appuyé contre le mur. — Avec mon sort, il est venu à moi. Mais dès qu'il a quitté l'endroit où il était censé être, la porte aurait dû se refermer derrière lui. Si des objets étaient rangés avant notre arrivée, ces endroits devraient être ouverts parce qu'il n'y avait rien pour en sortir.

— Ah, d'accord. À moins que le cambrioleur, ou les cambrioleurs, aient été vigilants et aient tout refermé derrière eux, nous pourrons au moins deviner combien d'objets ont disparu, ai-je répondu.

Ma mère m'a fait un clin d'œil et a hoché la tête. Ce n'était pas un système parfait, mais cela nous donnait un point de départ.

Emma et moi sommes immédiatement redescendues. Il y avait deux étages en dessous de l'étage supérieur, et les deux servaient principalement au stockage. Emma a pris le rez-de-chaussée, et j'ai pris l'étage du milieu.

C'était étrange de se promener ici. J'avais déjà visité cet endroit auparavant, mais c'était un phare en activité, donc nous le laissions généralement tranquille. Nathan était responsable de la magie qui faisait fonctionner le phare lui-même et de l'entretien de base du bâtiment. Quand ce phare a été construit il y a environ 300 ans, il avait été imprégné de magie dès le départ. Le sort qui le faisait fonctionner était ancien et puissant. Dans les siècles précédents, les gardiens vivaient réellement dans le phare, mais ce n'était plus le cas aujourd'hui.

En fouillant le deuxième étage, j'ai vérifié les deux chambres et les deux placards. Une porte de placard était fermée tandis que l'autre était ouverte. Un autre compartiment intégré dans le mur était également resté ouvert. J'ai pris des photos avec mon téléphone mais n'ai rien trouvé d'autre d'anormal. Deux autres espaces de rangement plus petits étaient intégrés dans les murs à cet étage, mais les deux étaient fermés et vides. Donc, soit rien n'y avait jamais été rangé, soit ce qui y était stocké avait obéi au sort d'appel de ma mère.

Je suis descendue pour retrouver Emma. Elle n'avait rien trouvé. De retour à l'étage, ma mère et tante Lea avaient méticuleusement catalogué les divers objets localisés grâce au sort d'appel. Bien qu'elles ne puissent pas voir si quelque chose d'autre manquait, un objet manquant préoccupant conservé au phare était un ancien livre de sorts de la famille Good.

Tante Lea connaissait son existence grâce à Jacob. Comme le livre de sorts volé à mes parents, il contenait apparemment de nombreux sorts anciens introuvables ailleurs. Inutile de dire qu'elles étaient inquiètes.

CHAPITRE DOUZE

Le lendemain matin, je me suis rendue au commissariat pour parler à Daniel. Zoe devait m'y rejoindre. J'espérais qu'il serait peut-être plus communicatif avec nous deux ensemble. Bien que Zoe soit mariée à Daniel, il essayait de maintenir une séparation claire entre travail et vie personnelle, ce qui avait tendance à l'agacer au plus haut point. Elle pensait qu'il nous informerait probablement de tout ce qu'il savait sur Abby Proctor, mais elle estimait qu'il serait utile que je lui parle de ce que nous avions découvert à la maison.

Assise dans son bureau, je l'observai. Les cheveux noirs de Daniel luisaient sous les lumières fluorescentes. Son regard brun croisa le mien tandis qu'il me regardait de l'autre côté de son bureau. — J'ai déjà dit à Zoe le peu que je savais sur Abby Proctor, mais il semblerait que vous ayez des éléments à ajouter à l'histoire, commenta-t-il.

Daniel était né et avait grandi à Charm Cove, suivant les traces de son père pour devenir chef de la police locale. Bien que sa famille ne soit pas de la lignée des sorcières, ils savaient que des sorcières avaient fondé Charm Cove et avaient vécu en paix parmi les habitants de la ville pendant quelques siècles. Bon sang, il avait épousé une sorcière, et il savait pertinemment que j'en étais une aussi. Parfois, il se montrait susceptible quand il s'agissait de son travail d'enquête. Ce n'était pas l'existence de la magie qui le dérangeait, mais plutôt les défis auxquels il faisait face quand il devait l'intégrer dans ses enquêtes.

Je me penchai en avant, me préparant à expliquer comment j'en étais venue à en apprendre davantage sur Abby Proctor. — Eh bien, elle était au magasin et posait une tonne de questions sur les baguettes magiques. Ce n'étaient pas le genre de questions qu'on pose si on les voulait à des fins décoratives ou pour s'amuser. J'étais un peu préoccupée par le, euh, niveau de sa curiosité, alors j'ai peut-être fait un tour chez elle.

Je fis une pause, attendant de voir comment Daniel réagirait. L'un de ses sourcils noirs se haussa tandis qu'il secouait légèrement la tête. — Bien sûr, parce que vous pouvez faire ça. Il fit un geste circulaire de la main pour m'encourager à continuer.

— Quoi qu'il en soit, j'ai surpris la moitié d'une conversation où quelqu'un parlait de s'assurer qu'elle obtienne d'autres objets, ou du moins c'est ce que ça semblait être. Elle a dit qu'elle ne pensait pas que la maison était hantée et qu'il n'y avait rien de magique là-bas. Ce qui a fait s'affoler mon radar, c'est quand elle a mentionné qu'elle craignait de laisser quiconque savoir que quelqu'un avait peut-être cambriolé la maison. Vous en a-t-elle parlé ?

Daniel tambourina des doigts sur son bureau, jetant un coup d'œil à Zoe et à moi. — Non, elle ne m'a certainement pas mentionné ça. Il soupira en passant la main dans ses cheveux. — Elle n'aurait pas précisé ce qui a été pris, si quoi que ce soit a effectivement disparu ?

— Absolument pas.

— Je ne sais pas si je dois l'ajouter à la liste des suspects ou des victimes à ce stade. Faites-moi savoir si elle revient dans votre magasin. Je pourrais me rendre chez elle pour vérifier. Je mentionnerai qu'une autre résidence d'été a été cambriolée. Peut-être que ça la fera parler. En attendant — il fit une pause, plissant les yeux et regardant alternativement l'une et l'autre —, soyez prudentes avec ce que vous faites et tenez-moi au courant.

Zoe afficha un grand sourire et se pencha par-dessus le bureau pour déposer un baiser sur sa joue. — On t'a déjà tenu au courant. Je t'ai tout dit dès que je l'ai su.

Daniel rit doucement, nous faisant signe de sortir tandis que son téléphone commençait à sonner.

Debout devant le commissariat, je regardai Zoe. — Allons parler à ta mère. S'il y a quoi que ce soit à savoir sur cette famille, peut-être qu'elle pourra nous aider, dis-je, faisant référence à sa mère, Bets Baker. C'était une sorcière âgée et puissante qui gardait l'oreille collée au sol de manière très efficace. Peu de choses lui échappaient à Charm Cove. — De plus, ma mère a mentionné que les Bishop ont été plutôt discrets concernant ce qui a été pris à The Ink Spot. Avec Sally et Rae juste à côté, peut-être pourrais-tu appeler ta mère pour voir si elles voudraient venir prendre le thé à nouveau.

Zoe appela sa mère pendant que nous roulions vers sa maison. Peu après, nous étions assises dans le salon de Bets. Sally et Rae Bishop étaient arrivées avant nous. Bien qu'elles portent toutes deux des bracelets électroniques à la cheville, elles étaient autorisées à se rendre à quelques endroits, notamment chez Bets pour le thé et dans des magasins préalablement approuvés.

Sally et Rae, les meurtrières par accident. Je les regardai, n'acceptant toujours pas complètement que ces deux-là aient été impliquées dans une affaire amoureuse qui avait mal tourné. Il y avait eu Alvin, sa femme, Sally et Rae, et puis nous avions découvert plus tard qu'il y avait une autre femme. On pouvait dire qu'Alvin avait multiplié les conquêtes. Ce n'était pas étonnant qu'il ne soit pas tombé dans la fontaine à cause d'une crise cardiaque.

Sally croisa mon regard, ses yeux durs comme l'acier. Cela faisait quelques mois depuis que tout s'était produit, et elle était encore un peu irritée par toute cette histoire. Bien qu'elle ait exprimé des remords pour la mort d'Alvin, elle était toujours contrariée que « l'accident » ait été retracé jusqu'à elle et sa sœur jumelle.

Je lui souris. — Comment allez-vous, Sally ?

Les lèvres de Sally se pincèrent, et elle émit un grognement. — C'était juste un accident.

Comme je l'ai dit, elle était toujours bloquée là-dessus.

Rae, la plus passive des jumelles, soupira profondément. — Je sais. C'est ce que nous n'avons cessé de dire à M. Daniel.

— Eh bien, mesdames, ce qui est fait est fait. Accident ou non, Alvin est mort. Nous sommes passées aujourd'hui parce que nous espérions pouvoir vous demander si vous aviez entendu parler de ce qui a été pris à The Ink Spot, dit Zoe, allant droit au but.

Sally et Rae nous regardèrent. Les yeux de Sally se plissèrent avec suspicion tandis que Rae paraissait incertaine. Bets arriva avec un plateau portant une théière et une assiette de biscuits. En le posant, elle servit rapidement du thé aux jumelles. Elle m'adressa un sourire éclatant en plaçant une tasse devant Sally, ses yeux bleus pétillants.

Rae intervint. — Nous ne pouvons pratiquement aller nulle part. Je ne sais pas pourquoi vous penseriez que nous saurions quoi que ce soit sur les affaires de notre famille. Ce sera comme ça pendant deux années entières. Nous n'entendrons jamais rien, dit-elle, sa voix aiguë contenant une note plaintive.

Sally grogna à nouveau et leva les yeux au ciel. — Oh, bon sang. Nous nous en sommes tirées facilement. J'ai peut-être envie d'être désagréable à ce sujet, mais c'est comme ça, comme vous l'avez dit, répondit-elle, croisant le regard de Zoe. — Non pas que nous puissions être d'une grande aide, mais nous avons géré ce magasin autrefois.

— Qu'avez-vous entendu dire à propos de ce qui manque ? demanda Rae.

— Seulement qu'il y a eu un autre cambriolage, et que quelqu'un fouillait dans les vieux registres là-bas. Si j'ai bien compris, il y a des registres d'impression datant de la fin des années 1600.

Rae et Sally acquiescèrent à l'unisson, sirotant leur thé simultanément.

Bets me tendit une tasse de café provenant d'une cafetière séparée qu'elle avait apportée. Prenant une gorgée bienvenue, je les regardai. — Avez-vous une idée de l'endroit où se trouvent les registres de toutes ces anciennes impressions ?

Rae hocha fermement la tête. — Bien sûr. Nous les avons juste à côté. Quand nous étions en charge, nous avons tout catalogué. Une fois l'an 2000 arrivé, nous les avons organisés et rassemblés dans plusieurs livres reliés, jusqu'en 2001. C'est à ce moment-là qu'on nous a poliment dit que nous devions laisser la génération suivante prendre le relais de la gestion. Rae jeta un coup d'œil à Sally, ses yeux prenant un éclat nostalgique. — L'imprimerie me manque vraiment. J'adorais ça.

— C'est Albert qui la dirige maintenant, n'est-ce pas ? demandai-je.

Sally sirota son thé en hochant la tête, prenant un des biscuits du plateau. — Tout à fait. Je ne pense pas qu'il comprenne l'importance des registres. C'est pourquoi nous les avons emportés avec nous. Il y a des duplicatas au magasin, mais nous avons les originaux.

— Est-ce que quelqu'un vous a déjà interrogé à leur sujet ? intervint Bets.

Sally secoua la tête, la bouche tordue. — Certainement pas. Mais donnez-moi quelques heures dans ce magasin, et je serai capable de vous dire ce qui manque, s'il manque quelque chose.

Regardant Zoe et Bets, je restai silencieuse, tout comme elles. Albert Bishop était un homme réservé. J'imaginais qu'il n'apprécierait pas l'intervention des jumelles alors qu'il avait pris en charge la gestion de The Ink Spot. Je devrais voir si ma mère pourrait le persuader de laisser Sally et Rae jeter un coup d'œil. On pourrait penser qu'avec les jumelles faisant partie de la famille, il ne le remettrait même pas en question, mais les Bishop étaient une drôle de famille.

Comme les Wicked, les Good et quelques autres familles, les

Bishop étaient l'une des premières familles à s'installer ici. Pourtant, ils s'étaient toujours tenus à l'écart. Ma mère et d'autres supposaient qu'à l'époque, quand les familles sont venues s'installer ici, il y avait eu des tensions politiques concernant la décision des Bishop d'imprimer des pamphlets sur les procès des sorcières de Salem.

Lorsque Charm Cove a été fondée environ une décennie avant que l'hystérie n'atteigne son apogée, les familles fondatrices s'étaient installées ici pour éviter ce qui avait été vu dans les visions de deux sorcières des familles Wicked et Good. La famille Bishop les avait suivies, mais ils n'avaient pas initialement adhéré à l'idée de garder un profil bas. Il y avait beaucoup de fierté dans la communauté des sorcières. Ce n'était pas une fierté affichée publiquement, mais elle était profondément ancrée. Des susceptibilités avaient été froissées lorsque d'autres familles étaient intervenues et avaient demandé aux Bishop de se faire plus discrets.

Leur famille avait certainement presque autant de pouvoir que les autres, mais ils semblaient toujours se tenir à l'écart.

— Eh bien, dis-je, regardant Sally et Rae. — Je pense que vous devriez vous exprimer et faire savoir à votre famille que vous pourriez être en mesure d'aider. Voici le problème : nous sommes inquiètes au sujet des objets qui ont été pris. Nous ne voulons pas que quelque chose tourne mal si nous ne parvenons pas à tout reconstituer. Donc, toute aide que vous pourriez offrir pour impliquer votre famille afin que nous soyons tous sur la même longueur d'onde serait très utile.

Sally me fixa pendant quelques instants, puis elle haussa les épaules. — Je suis d'accord. C'est exactement ce que j'ai dit à Rae l'autre jour. Nous devons nous unir face à quelque chose comme ça.

— Dites à votre mère de parler à notre cousin, et je vais moi-même appeler Albert, dit Rae en levant les yeux au ciel. — Les gens sont un peu contrariés à cause de tout ce remue-ménage que nous avons causé à propos d'Alvin.

— Eh bien, peut-être que c'est votre chance de vous racheter, ajouta Bets d'un ton joyeux. — Cela aiderait tout le monde, pas seulement votre famille, mais tout Charm Cove. Indépendamment de nos préoccupations concernant les objets volés aux familles de sorcières, le fait est qu'un certain nombre d'entreprises et de maisons ont été cambriolées. Ce n'est pas sûr, et nous avons besoin que Charm Cove reste un endroit où l'on se sent en sécurité.

J'ai failli éclater de rire, mais je me suis mordu l'intérieur des joues et suis restée silencieuse. Bets savait comment manipuler les gens quand elle le souhaitait. Je ne doutais pas qu'elle venait de persuader Sally et Rae de répondre à l'appel supérieur d'aider à résoudre les cambriolages.

CHAPITRE TREIZE

Le lendemain matin était un samedi, alors je suis passée chercher les jumelles pour les emmener à la boutique avec moi, et nous sommes allées ensemble à Magic Beans. Après avoir pris un café, des boissons sucrées pour elles, et des scones pour nous toutes, nous sommes retournées vers la place du village.

Il était tôt, l'air automnal était vif et frais. Sans surprise, Béatrice Powers et son groupe de marche parcouraient la place à vive allure. Dès que Béatrice m'aperçut avec les jumelles, elle dévia de sa trajectoire pour se précipiter vers nous.

S'arrêtant net devant nous, elle sourit avec éclat. —Bonjour, les filles, comment allez-vous ?

Béatrice parlait comme elle marchait, chaque mot énergique et précis. Celia et Delia sourirent. —Salut, Béatrice, dirent-elles presque à l'unisson.

—Bonjour, ajoutai-je.

Béatrice se rapprocha, se penchant en avant et baissant la voix. —J'ai revu cet homme.

Les jumelles n'étaient pas au courant de ma conversation précédente avec Béatrice, mais elles connaissaient parfaitement les inquiétudes qui circulaient en ville concernant les cambriolages. Leurs yeux s'écarquillèrent, et je pouvais voir qu'elles étaient ravies de participer à cette conversation.

—Où et quand ? demandai-je doucement.

Le soleil se reflétait dans les courts cheveux argentés de Béatrice tandis qu'elle s'approchait encore plus près, l'inquiétude dans son regard brun. —Eh bien, cette fois, je l'ai vu deux fois. La première fois, c'était tard hier soir. Je m'assois pour prendre une tasse de thé avant d'aller me coucher, juste dans la fenêtre en saillie, expliqua-t-elle, faisant un geste vague en direction de sa maison au coin éloigné de la place. J'étais donc en train de boire mon thé, et avec les lampadaires allumés, je peux voir qui se promène. Et le voilà. Il a regardé par les fenêtres de The Ink Spot puis de Beauty Bewitched. Ensuite, il a simplement continué à marcher. Il ne s'est pas arrêté pour regarder à l'intérieur d'autres magasins. Puis, ce matin avant même que le soleil ne se lève, je l'ai revu. Cette fois, c'était près de Magic Beans. Il a fait le tour de la place, puis il a examiné plusieurs autres devantures, dont la vôtre, dit-elle d'un ton scandalisé.

—À quoi ressemble-t-il ? demanda Celia.

Béatrice la regarda. —Eh bien, il est très certainement grand et mince avec des cheveux foncés. Évidemment, je n'ai pas pu voir la couleur de ses yeux à cette distance. C'est à peu près tout ce que je peux vous dire. Il s'habille aussi en vêtements sombres.

—Êtes-vous sûre qu'il ne s'agit pas simplement d'un touriste venu admirer les feuilles d'automne ? demanda Delia.

Béatrice pinça les lèvres, son regard pensif. —Je ne pense pas. Je suis née ici. Les touristes ont une certaine façon de regarder. Leur curiosité est plus générale. Lui, il a une attitude particulière. Il cherchait quelque chose ou quelqu'un de précis.

—Je pense que vous devriez en parler à Daniel. En attendant, ne vous donnez pas trop de mal, mais avec votre vue, j'espère bien que vous continuerez à prendre votre thé le matin et le soir, ajoutai-je.

Béatrice sourit joyeusement. —Oh, ne vous inquiétez pas pour ça, ma chère. Je prends mon thé matin et soir quoi qu'il arrive. Le monde pourrait être au bord de l'apocalypse, les Quatre Cavaliers pourraient arriver, et je prendrais quand même mon thé du matin et du soir. Vous aussi, gardez l'œil ouvert, dit-elle en pointant du doigt les jumelles puis moi.

Avec un dernier sourire éclatant, elle repartit d'un bond. Sa marche commença à un rythme normal, puis ce fut comme regarder un moteur s'emballer. Elle accéléra rapidement et rattrapa son groupe de marche, reprenant la tête.

Celia et Delia me regardèrent. —Qui crois-tu que c'est ? demanda Celia.

—Je ne sais pas, les filles. Mais allez, mettons-nous au travail. Vous avez déjà gardé un œil sur les choses, alors continuez.

Nous nous sommes mises au travail. Avec un flot constant de clients entrant et sortant, je mourais presque de faim quand l'heure du déjeuner arriva. Comme si elle avait lu dans mes pensées, j'entendis la clochette tinter au-dessus de la porte, puis ma mère entra avec un sac en papier du Charm Café.

Avec ses bracelets qui tintaient et sa jupe qui tournoyait autour de ses chevilles, elle s'approcha du comptoir. —Je me suis dit que vous auriez faim, les filles, alors j'ai apporté le déjeuner. Crabe fondu pour les jumelles, et ton Reuben préféré. Et si nous mangions à l'arrière ? proposa ma mère.

Après un rapide coup d'œil autour de moi, je savais que ce n'était pas trop occupé pour que je prenne une pause. Il y avait une légère accalmie dans la boutique à l'heure du déjeuner, quand les touristes se dispersaient généralement pour manger en ville.

—Les filles, vous pouvez surveiller le comptoir, lança-t-elle en sortant leurs sandwichs et quelques serviettes.

Celia et Delia se précipitèrent et déposèrent des baisers sur les joues de ma mère avant de s'installer sur les tabourets derrière le comptoir pour savourer leur déjeuner. Ma mère inclina le menton vers l'arrière, m'indiquant qu'elle devait me parler pendant que nous mangions.

Le rideau de perles tinta doucement derrière nous tandis que nous nous dirigions vers l'arrière. Une fois installées sur des tabourets près de la table de travail, elle me regarda. —Sally et Rae sont allées à The Ink Spot ce matin, et nous avons découvert ce qui a disparu de là-bas. Ils ont pris des feuillets datant de l'époque des procès des sorcières de Salem. Deux familles ont complètement disparu de la région — une des familles Burroughs et une des familles Proctor. Si tu regardes l'histoire, un Proctor et un Burrough ont été tués pendant les procès, mais ces familles ont disparu avant que cela ne se produise.

—Eh bien, Abby Proctor est le nom de la femme qui est dans la maison. Elle a dit qu'elle avait hérité de la maison de la cousine de sa mère qui n'avait pas d'enfants, proposai-je entre deux bouchées.

Ma mère hocha la tête, s'arrêtant pour prendre une bouchée de son sandwich. Je bus une gorgée de la bouteille d'eau qu'elle m'avait tendue et pris plusieurs bouchées de mon sandwich pendant qu'elle restait silencieuse.

—Oh, et j'ai demandé à Liam de parler à sa mère de l'histoire de la famille Proctor pour cette maison. Tu sais qu'elle adore ce genre de choses et qu'elle garde une trace de toutes les différentes maisons. Je me suis dit qu'elle serait une bonne source d'information.

Ma mère me jeta un coup d'œil, une lueur dans les yeux. —Nous pensons pareil, ma chérie. Je l'ai déjà appelée car j'ai eu exactement la même idée. Je parie que celui qui est lié à ces cambriolages est d'une manière ou d'une autre connecté à ces deux familles. Quant à tout le reste qui a été volé, nous en avons fait l'inventaire. À part tes potions, deux objets ont été pris dans chaque maison, tous dotés de grands pouvoirs. Ton père et moi pensons que quelqu'un essaie de récupérer le pouvoir pour sa famille.

—C'est ce que je me demandais. Mais qui ? Et pourquoi ? Il n'y a pas beaucoup de familles de sorcières qui ont complètement perdu leur pouvoir.

Après avoir fini une bouchée de son sandwich et pris une gorgée d'eau, ma mère pencha la tête sur le côté. —C'est vrai, mais quand tout est devenu laid à Salem, plusieurs familles se sont divisées à cause de ça. Les gens étaient terrifiés. Tu dois comprendre à quel point c'était effrayant. Nos familles ont fui la région avant que tout ne se produise. Qui sait ce qui nous serait arrivé si nous ne l'avions pas fait ?

—Je sais, maman, mais tu n'y étais pas non plus. Il est difficile de savoir comment et pourquoi les familles ont décidé de partir.

Ma mère leva les yeux au ciel. —Chérie, je n'y étais pas, mais les histoires ont été transmises. Tu connais l'histoire aussi bien que moi. Les gens étaient terrifiés et terrorisés. Il suffirait d'une famille qui a fui, s'est séparée et a renoncé à la magie pour perdre le pouvoir. Une ou deux générations plus tard, il ne resterait plus personne pour partager le pouvoir ou apprendre à quelqu'un comment gérer son pouvoir s'il le ressentait. J'ai le sentiment que celui qui a volé ces objets essaie de reprendre ce qu'il a perdu.

—Devons-nous nous inquiéter ? Enfin, nous sommes inquiets, mais devons-nous avoir peur s'ils parviennent à récupérer leur pouvoir ? demandai-je.

Ma mère haussa les épaules. —Je ne sais pas. Ça dépend de ce qu'ils ont l'intention d'en faire. Nous sommes plutôt protégés ici à Charm Cove. Toutes les familles de sorcières ici ne pratiquent que la bonne magie. Nous connaissons la magie noire et nous savons comment nous en préserver, mais personne ici n'essaie de la revendiquer ou de l'utiliser. Cela pourrait être potentiellement dévastateur si quelqu'un le faisait.

J'en savais assez sur la magie noire pour savoir combien cela pouvait être terrifiant. Et pire encore... —Surtout s'ils ne savent pas comment l'utiliser correctement, ajoutai-je.

Je savais un peu ce que c'était de laisser l'émotion guider les sorts. La dernière chose dont le monde avait besoin, c'était d'une sorcière aux mauvaises intentions qui ne savait pas comment contrôler et affiner son pouvoir. C'était un million de fois pire qu'un politicien avide au pouvoir.

—Alors, des intuitions sur la possibilité que ce soit quelqu'un d'ici ? demandai-je.

Ma mère haussa élégamment les épaules. Quoi qu'elle fasse, elle parvenait à être élégante. Aujourd'hui, elle portait une longue jupe ajustée sur des bottines, avec un chemisier ample en soie crème. Des boucles d'oreilles en argent en forme de goutte pendaient à ses oreilles, avec son bracelet à breloques associé à plusieurs autres. Ses cheveux étaient relevés en chignon, maintenu en place par une baguette en argent sterling.

—Je ne pense pas. J'ai été attentive, et je ne sens personne qui essaie de cacher quelque chose d'important. Du moins, personne que j'ai croisé, offrit-elle, faisant référence à son pouvoir de détecter quand les gens cachaient quelque chose et de voir des indices sur les détails entourant le secret.

L'inconvénient de son pouvoir était qu'elle savait généralement quand quelqu'un préparait quelque chose, comme avoir une liaison. Elle aurait probablement pu comprendre ce qui était arrivé à Alvin s'il avait été vivant assez longtemps pour qu'elle passe un peu de temps avec lui. Elle aurait su qu'il cachait ses aventures. Pourtant, ni lui ni les jumelles Bishop n'avaient croisé son chemin juste avant sa mort.

—Eh bien, notre principal suspect pour l'instant est Abby Proctor. Pourtant... m'arrêtai-je, repensant à cette conversation à sens unique que j'avais écoutée chez elle l'autre soir. Je n'ai pas l'impression qu'elle soit ce genre de personne. Je ne dis pas qu'elle n'essaierait pas de récupérer du pouvoir, mais je ne pense pas qu'elle soit une criminelle. J'aimerais savoir à qui elle parlait l'autre soir.

Ma mère termina son sandwich, tamponnant sa bouche avec une serviette. —C'est l'inconvénient de s'introduire dans les maisons sans prévenir, dit-elle avec un petit rire.

Je levai les yeux au ciel et haussai les épaules, sans honte. —Hé, j'ai fait ce que je devais faire. Peut-être que je vais passer voir Abby. Elle était assez aimable, donc je pourrais probablement me faire passer pour une simple résidente de Charm Cove qui souhaite la bienvenue.

Ma mère se leva avec précaution, rassemblant les assiettes en papier et les serviettes de la table pendant que je finissais la dernière bouchée de mon sandwich. Tandis qu'elle traversait la pièce pour les jeter dans le sac à déchets, elle me lança. —Quoi que tu fasses, sois prudente.

—Bien sûr, maman. Si les choses deviennent compliquées, je peux toujours me transformer en fumée et m'éclipser.

Avec un rire, ma mère attrapa son sac à main sur le comptoir et me fit un signe de la main en retournant à l'avant.

CHAPITRE QUATORZE

Après le départ des jumeaux avec Tante Lea plus tard dans l'après-midi, je m'affairais à l'avant du magasin, réorganisant quelques vitrines tout en réfléchissant aux différents éléments du puzzle du cambriolage que nous avions assemblés jusqu'à présent. La clochette tinta au-dessus de l'entrée, et je jetai un coup d'œil par-dessus mon épaule. Comme par miracle, Abby Proctor était là. Peut-être n'aurais-je pas besoin d'essayer de m'introduire à nouveau chez elle en douce.

Marchant rapidement vers le comptoir, je l'accueillis : — Bonjour Abby, heureuse de te revoir. Qu'est-ce qui t'amène aujourd'hui ?

Abby ajusta ses lunettes sur son nez et passa une main dans ses cheveux. Une fois de plus, elle était habillée de manière soignée. Elle portait un pantalon ajusté et un chemisier bleu clair boutonné. Avec ses bottines pratiques, elle semblait prête pour une journée de promenade dans le centre-ville de Charm Cove. Elle me sourit, enroulant ses mains sur le bord du comptoir tandis que je le contournais.

— Je peux t'aider ? ajoutai-je.

Elle fit une pause, comme si elle réfléchissait à ses mots, puis ses paroles jaillirent rapidement : — Eh bien, tu as été vraiment gentille avec moi l'autre jour, alors je me suis dit que je pourrais peut-être venir te parler, et tu pourrais me dire à qui m'adresser pour obtenir de l'aide.

Je fis une petite danse intérieure, ne serait-ce que parce qu'elle semblait prête à me confier quelque chose. J'étais plus qu'enchantée qu'elle m'ait choisie pour demander de l'aide.

Maîtrisant mon expression pour paraître calme, j'acquies-çai : — Bien sûr. Que se passe-t-il ?

— Tu sais qu'il y a eu tous ces cambriolages en ville ?

Ah, peut-être avait-elle décidé de mentionner son inquiétude concernant une effraction chez elle. J'acquiesçai : — Certaine-ment. Ce magasin était l'une des cibles. Tu sais quelque chose à ce sujet ?

Elle déglutit nerveusement et pressa son doigt au centre de ses lunettes, les ajustant inutilement sur son nez : — Eh bien, quelqu'un s'est introduit dans la maison d'été où je séjourne. Je n'étais là que depuis un jour ou deux quand c'est arrivé. Je n'avais jamais été dans cette maison auparavant, alors ça m'a vraiment effrayée. Puis j'ai entendu tout le monde parler des cambriolages en ville, et j'ai eu peur qu'on m'accuse parce que je ne connais personne. Je veux dire, à part quelques commerçants comme toi et Sarah, qui travaille chez Magic Beans.

— Sais-tu ce qu'ils ont pris dans la maison ? demandai-je.

Les épaules étroites d'Abby se soulevèrent et s'abaissèrent lorsqu'elle prit une profonde inspiration et la relâcha avec un soupir : — Eh bien, pas vraiment. Mais tout a été mis sens dessus dessous dans le grenier. Honnêtement, je ne l'aurais probable-ment même pas remarqué, sauf que j'avais parcouru toute la maison la veille et j'avais laissé la porte du grenier ouverte. Mais quand je suis revenue après être allée à l'épicerie ce soir-là, elle était fermée. Quand je suis montée, toutes les boîtes là-haut semblaient avoir explosé – elles étaient déchirées avec des objets éparpillés partout.

Je l'observai attentivement. Mon instinct me disait qu'elle disait la vérité, mais elle avait raison sur un point. Il y avait de bonnes raisons de la considérer comme suspecte. Je l'avais certainement placée en tête de ma liste. À ma connaissance, elle ne savait pas que j'étais une sorcière et ne savait pas que j'enquêterais sur les cambriolages avec la plupart des membres de ma famille.

— As-tu parlé à quelqu'un qui était dans la maison avant ? demandai-je, pensant à celui qui était à l'autre bout de cet appel téléphonique.

— Pas vraiment. Comme je l'ai dit l'autre jour, cette maison appartenait à une cousine de ma mère. Elle n'avait pas d'enfants. À un moment donné, la famille a cessé de venir ici, et puis quand elle est décédée, elle me l'a léguée dans son testament. (Abby posa sa main contre sa poitrine et secoua la tête.) Je ne sais toujours pas pourquoi elle me l'a laissée.

Je gardai cette information pour réflexion, tout en maintenant mon attention sur le moment présent : — Sais-tu si quelqu'un dans ta famille élargie aurait su ce qu'il y avait ici ?

Abby secoua lentement la tête : — Je ne sais vraiment pas. Ma mère n'avait pas parlé à sa cousine depuis des années. La dernière fois que ma mère était dans cette maison, c'était quand elle était petite fille. Les parents de sa cousine sont morts quand elles étaient jeunes, et ils étaient les derniers à venir ici et à utiliser régulièrement la maison. Après la mort de ses parents, la cousine de ma mère a été envoyée chez les parents de son père, et je suppose que personne ne connaissait l'existence de cette maison ou ne s'en souciait. Si elle est venue à la maison quand elle était adulte, je n'en étais certainement pas au courant. J'imagine que les gens d'ici en savent plus que moi sur cette maison. Alors, que devrais-je faire ?

Je déclarai l'évidence : — Eh bien, je suis contente que tu me l'aies dit, mais je pense que nous devons en informer la police.

Abby semblait nerveuse, mais elle acquiesça : — D'accord, mais je ne peux même pas leur dire si quelque chose a disparu.

— Oui, mais au moins, la police saura qu'il y a eu un autre cambriolage qui s'est produit exactement au même moment que tous les autres. Avec une belle maison comme celle-là et le terrain sur lequel elle se trouve, c'est surprenant que personne dans ta famille ne s'y soit intéressé.

Son front se plissa alors qu'elle déglutissait et ajustait ses lunettes : — Eh bien, il y en a un. J'ai un autre cousin de Boston – Richard Burroughs. C'est un neveu du côté de la famille de ma mère. Je sais que ça paraît alambiqué, mais je suppose qu'il est le neveu de la sœur de la cousine de ma mère, ou quelque chose comme ça. Quoi qu'il en soit, il m'a appelée au sujet de la maison après que je l'ai héritée et m'a demandé si je prévoyais de la vendre. Je ne sais pas ce que je vais faire, et c'est ce que je lui ai dit. Puis il a eu toutes ces questions à ce sujet. Tu vas probablement penser que je suis folle... (Ses mots s'estompèrent tandis qu'elle s'arrêtait, inclinant sa tête sur le côté et m'évaluant. Elle semblait un peu hésitante.)

— Abby, je vis à Charm Cove. Tu sais ce qu'on dit de cette ville. Il y a toutes sortes de magie ici. Il n'y a pas grand-chose que tu pourrais me dire que je trouverais fou. Qu'est-ce qui t'inquiète tant ?

Abby se mordit la lèvre, un petit soupir lui échappant : — La cousine de ma mère était soi-disant une sorcière, ou du moins c'est ce qu'ils disent. Je n'y ai jamais vraiment pensé, pas avant d'avoir cette maison et pas avant que mon cousin Richard m'appelle.

— Que sait Richard sur le fait que ta cousine soit une sorcière ? demandai-je, mon ton calme démentant mon excitation intérieure. Enfin, *enfin*, cela pourrait nous mener quelque part d'utile.

À ce stade, mon radar s'affolait à l'intérieur. Mon esprit ressemblait à une boussole qui n'était pas centrée sur le nord et tournait en rond. Ce picotement familier remonta le long de ma colonne vertébrale, passa sur mes épaules et descendit jusqu'à mes doigts, laissant mes mains tremblantes. Richard devait être la personne à l'autre bout du fil lorsque j'étais dans la maison. Si les Proctor étaient des sorciers, alors peut-être que Richard l'était aussi.

— Eh bien... commença Abby, ses mots toujours lents comme si elle s'attendait à ce que je lui dise qu'elle était folle. Ce qu'elle ne savait pas, c'est qu'elle se tenait devant une véritable sorcière. — Richard pense qu'il y a de la magie dans la maison. Il m'a raconté toutes ces choses folles. Il voulait que je trouve des choses là-bas, mais je ne peux rien trouver. Les boîtes à l'étage sont juste pleines de choses comme des rideaux, des draps et des livres. Il n'y a pas de baguettes magiques ou quoi que ce soit d'autre que des objets tout à fait ordinaires. Non pas que je pense que seules les baguettes puissent être magiques, mais d'une manière ou d'une autre, je doute que des rideaux poussiéreux le soient.

Son commentaire me rappela que je me sentais un peu trop à l'aise avec elle. Elle était venue ici à deux reprises en posant des questions précises sur nos baguettes. Peut-être qu'elle en savait plus qu'elle ne le laissait entendre, et qu'elle essayait de jouer les idiotes juste pour que je lui donne plus d'informations.

— T'es-tu déjà demandé si Richard aurait pu être celui qui s'est introduit dans la maison s'il pose tant de questions à ce sujet ?

Les yeux d'Abby s'écarquillèrent et ses narines se dila-tèrent : — Ça m'a un peu inquiétée, finit-elle par dire. Mais il vit à Boston et il n'est jamais venu par ici.

— Demandons au chef de la police de venir ici tout de suite. Qu'en penses-tu ? Tu pourras lui faire ta déposition et l'emmener ensuite chez toi.

Abby acquiesça avec hésitation. Je n'attendis pas pour lui donner une chance de se rétracter, alors j'appelai rapidement Daniel qui dit qu'il serait là sous peu. Il arriva quelques minutes plus tard.

Après avoir pris la déposition d'Abby, il nous fit un signe de la main alors qu'ils quittaient le magasin pour aller vérifier sa maison. J'avais absolument envie d'appeler ma mère depuis qu'Abby s'était soulagée de son fardeau, alors j'étais plus que soulagée d'avoir enfin un peu d'intimité dans le magasin.

Après avoir fermé, je me précipitai à l'arrière et m'assurai que tout était sécurisé pour la nuit. Ce n'est qu'une fois en sécurité dans ma voiture que je passai mon appel. Après avoir appelé ma mère sur le chemin du retour et l'avoir mise au courant, j'appelai rapidement Liam. Comme il ne répondait pas, je laissai un message.

« Je suppose que tu viens probablement de toute façon, mais j'ai des nouvelles. À tout à l'heure. »

En arrivant chez moi, Ghost bondit de mon épaule jusqu'au sol dans son salut habituel. La queue frétillante, il me regarda alors que je me penchais pour le caresser. Après l'avoir nourri, je vérifiai mon téléphone, me demandant s'il y avait d'autres mises à jour. Alors que je commençais à m'impatienter, je réalisai que si Abby nous disait la vérité, les seules mises à jour que Daniel pourrait avoir seraient la vérification de sa maison. Étant donné qu'Abby ne savait même pas ce qui manquait dans le grenier, il n'y aurait pas grand-chose à apprendre.

Sans compter que Daniel n'était pas susceptible de m'appeler avec une mise à jour personnelle. Tu sais, l'intégrité de son enquête et tout ça.

Je venais de me verser un verre de vin et regardais à l'intérieur de mon réfrigérateur pour évaluer ce que j'allais préparer pour le dîner, quand il y eut un coup sec à la porte. Faisant volte-face, je fus ravie de voir Liam entrer : — Salut, j'ai eu ton message, lança-t-il.

Retirant sa veste et l'accrochant, il retira ses bottes avant de traverser la cuisine. Baissant la tête, il captura mes lèvres dans un rapide baiser. Peu importe le nombre de fois où j'embrassais Liam Good, cela envoyait toujours de la chaleur dans mes veines et des papillons dans mon ventre.

Quand il se recula, ses yeux brillèrent d'une lueur sombre, la promesse qu'ils contenaient m'envoyant un frisson chaud dans tout le corps. Troublée, je me retournai, ouvrant à nouveau le réfrigérateur et demandant par-dessus mon épaule : — Bière ?

— Absolument, répondit-il.

Cela signifiait quelque chose que je garde maintenant un pack de six de sa bière préférée dans mon réfrigérateur. Il était là presque tous les soirs. Pendant un instant, mon esprit commença à tourner en rond sur ce sujet et sur ce que tout cela signifiait. Avec une poussée énergique, je ramenai mon attention sur les dernières révélations.

Me glissant sur le tabouret en face de lui au comptoir, je lui tendis sa bière ainsi que le décapsuleur. Une fois qu'il eut retiré la capsule, il prit une longue gorgée de la bouteille tout en faisant rouler distraitement la capsule d'avant en arrière sur le comptoir sous son doigt.

— Je meurs de faim, proposai-je. On commande une pizza ?

— Ça me va. (Sortant son téléphone de sa poche, il haussa un sourcil.) Pepperoni ou grecque ?

— Pourquoi pas moitié-moitié ?

Un coin de sa bouche se releva en un sourire alors qu'il appelait rapidement pour commander la pizza. Après avoir terminé l'appel, il posa son téléphone sur la table : — Alors, quelles sont les nouvelles ?

— Oh, Abby Proctor est passée au magasin.

Il acquiesça : — Ah oui. J'ai des nouvelles sur ces deux familles de ma mère. Mais toi d'abord.

— Eh bien, Abby est passée au magasin cet après-midi. Elle était très nerveuse à l'idée de me parler, puis elle m'a dit que cette maison d'été dont elle vient d'hériter avait également été cambriolée, comme je l'avais entendu mentionner lors de cet appel. C'est arrivé juste après son arrivée. La seule raison pour laquelle elle a remarqué quelque chose, c'est qu'elle était montée au grenier et avait laissé la porte ouverte. Quand elle est revenue plus tard, la porte était fermée. Elle a dit que les boîtes là-haut étaient en désordre.

Liam inclina la tête sur le côté et hocha lentement la tête : — Elle a une idée de ce qui manque ?

— Non, dis-je avec un soupir avant de prendre une gorgée de mon vin. Elle y est à peine restée. Je l'ai persuadée d'appeler Daniel pour déposer une plainte. D'après ce qu'Abby sait, la cousine de sa mère, qui lui a légué la maison, n'avait pas d'enfants. Quand les parents de la cousine sont morts, elle a été envoyée chez les parents de son père. Après cela, la maison est restée là pendant tout ce temps. En plus de ça, elle a un cousin nommé Richard de Boston qui a été assez insistant avec elle au sujet de la maison. Il veut qu'elle la lui vende. Elle a dit qu'il pense qu'il y a de la magie dans la maison et qu'il lui a posé toutes ces questions à ce sujet.

Faisant une pause, je pris une autre gorgée de mon vin, levant le doigt quand il commença à parler : — Attends. Donc Daniel est allé vérifier les choses à la maison, mais avant tout ça, ma mère est passée. Elle est à peu près sûre que celui qui prend toutes ces affaires est probablement d'une famille qui a perdu son pouvoir. Tout concorde avec l'utilisation d'un sort pour essayer de le récupérer.

Les yeux de Liam se plissèrent, son regard préoccupé : — Ça n'a pas l'air très bon.

— Exactement. Je veux dire, si c'est pour des raisons inoffensives, c'est tout de même inquiétant parce qu'ils ne sauront probablement même pas comment utiliser leur magie, mais si quelqu'un essaie de faire ça et qu'il a de mauvaises intentions, alors nous avons un vrai problème. Je ne peux pas imaginer quelque chose de pire que quelqu'un qui recherche la magie noire et qui ne sait pas comment utiliser son pouvoir.

— Merde, marmonna Liam avant de prendre une généreuse gorgée de sa bière.

— Alors, qu'est-ce que ta mère a découvert sur les Proctor ?

— Ah, oui. La chronologie correspond à peu près à la dernière famille qui venait régulièrement à la maison. Tu connais ma mère ; elle est passionnée par la généalogie. Elle a fait des recherches sur certains sites web, mais elle a aussi sorti tous ses vieux livres avec les arbres généalogiques des différentes familles de sorcières. Ce qu'elle a trouvé correspond exactement à ce qui inquiète ta mère. Aucune des familles qui venaient récemment dans cette maison d'été n'avait de magie. En fait, on supposait qu'ils n'étaient pas des sorciers. Mais elle a remonté la lignée, et trois branches de la famille Proctor avaient quitté Salem au milieu des procès de sorcellerie de Salem. Ces trois branches ont été perdues dans l'histoire. Pour autant que l'on sache, aucune d'entre elles n'a continué à utiliser son pouvoir. L'une de ces branches a fini dans le New Hampshire, puis une autre dans la région de Boston. Ce papier que tu avais avec les familles répertoriées ?

J'acquiesçai, reconnaissant que je savais ce qu'il voulait dire.

— Quoi qu'il en soit, les Burroughs étaient une autre famille avec quelques branches qui ont quitté la région pendant les procès. Un Proctor et un Burroughs ont été tués pendant les procès de sorcellerie de Salem. Même chose pour les familles Burroughs qui sont parties – elles n'ont pas gardé le contact avec qui que ce soit, et il n'y a aucun document nulle part sur leur utilisation de la magie. Ma mère est arrivée à la même conclusion que la tienne. Tout indique qu'il s'agit de quelqu'un qui essaie de récupérer le pouvoir de sa famille. Penses-tu que c'est Abby ?

Je pris une autre gorgée de mon vin juste au moment où la sonnette retentissait. Liam se leva rapidement : — J'y vais, lança-t-il par-dessus son épaule.

— Tu as besoin d'argent ? criai-je en retour.

Il secoua la tête en ouvrant la porte. Sortant son portefeuille, il tendit un billet de vingt dollars, prit la pizza et salua le livreur en lui disant de garder la monnaie pour le pourboire.

Nous nous installâmes pour savourer notre pizza. Entre deux bouchées, je bombardai Liam de quelques questions supplémentaires sur ce que sa mère avait appris sur la famille Proctor. Comme je mettais nos assiettes dans le lave-vaisselle et fermais la boîte à pizza pour glisser les restes dans le réfrigérateur, je jetai un coup d'œil : — Alors, que faisons-nous ?

Il jeta sa bouteille de bière dans la poubelle de recyclage sous l'évier, puis se dirigea vers le canapé tandis que je le suivais : — En supposant que nous puissions déterminer qui c'est, je ne suis pas sûr. Quand je parlais avec ma mère hier soir, elle a dit qu'il n'y a pas de sort pour empêcher quelqu'un qui a un réel pouvoir de le récupérer.

— Oui, c'est ce que ma mère a dit aussi. J'espère juste que nous pourrons découvrir qui c'est. Peut-être qu'ils n'ont pas de mauvaises intentions. Mais comment peuvent-ils même le découvrir ?

— Découvrir quoi ? demanda-t-il alors que nous nous installions sur le canapé, et il se pencha en avant pour prendre la télécommande sur la table basse.

— Découvrir qu'ils descendent de sorcières ? À moins que la famille ne soit ouverte à ce sujet – ce qui, s'ils ont perdu l'usage de leur pouvoir, n'est probablement pas le cas – comment le sauraient-ils ?

Liam haussa les épaules : — Si c'est un Proctor ou un Burroughs, ils peuvent certainement découvrir à travers leur histoire familiale qu'ils avaient des membres de leur famille qui sont morts lors des procès de sorcellerie de Salem. Ce n'est pas comme si leur pouvoir disparaissait complètement. Ils ne savent simplement pas comment l'utiliser, et il devient faible. Ils doivent le récupérer pour le renforcer suffisamment pour l'utiliser.

Je pris une profonde inspiration, la laissant sortir avec un lent soupir : — C'est vrai. Ça m'inquiète quand même.

Liam tendit son bras autour de mes épaules, me nichant dans le creux de son bras : — Ça inquiète tous ceux qui sont au courant. Nous avançons. Avec Abby qui parle, qu'elle soit impliquée ou non, cela ouvre une autre porte. Nous devrons amener ta mère à la rencontrer parce que si elle cache quelque chose d'autre, ta mère le saura, offrit-il avec un petit rire.

— Bien sûr. Elle a demandé à Daniel de l'appeler si Abby était au poste dans les prochains jours. J'ai également promis de lui envoyer un message si Abby se présentait au magasin. Tu la connais ; elle laissera tout tomber pour accourir.

Liam alluma la télévision, et je me blottis contre lui, sentant la tension de la journée se dissiper. Mon esprit tournait encore en rond sur tout cela, mais il n'y avait pas grand-chose d'autre que je puisse faire ce soir.

J'ai dû m'endormir sur le canapé car je me suis réveillée dans les bras de Liam alors qu'il me portait à l'étage jusqu'à la chambre. La brume de mon sommeil était à peine percée. Je me souvins de m'être blottie contre lui sous les draps frais et d'avoir pensé que peut-être, juste peut-être, je devais arrêter de tergiverser avec lui.

CHAPITRE QUINZE

Plusieurs heures plus tard — je n'avais aucune idée de l'heure — Ghost miaulait sans cesse. Je me suis réveillée en même temps que Liam. Son bras entourait mes épaules, sa paume glissant le long de mon dos en une caresse apaisante.

— Mais qu'est-ce qu'il a, Ghost ? murmura Liam, la voix rauque de sommeil.

J'ai secoué la tête parce que j'étais encore à moitié dans les vapes. — Je ne sais pas.

Je me suis lentement redressée, m'appuyant contre la tête de lit pour voir Ghost assis au pied du lit, sa queue balayant d'avant en arrière sur la couette. Malgré l'obscurité, il se distinguait avec sa fourrure blanche et la lumière argentée de la lune qui tombait à travers les fenêtres.

— Qu'est-ce qui se passe, Ghost ? ai-je demandé.

Sa réponse fut de continuer à miauler, puis de gratter la couette avec sa patte quand je n'ai pas bougé.

— Quelque chose le dérange, ai-je finalement dit.

Je me suis glissée hors des couvertures et j'ai enfilé ma robe de chambre, marchant doucement dans le couloir pour regarder par-dessus le balcon. La maison était calme, endormie dans l'obscurité comme le reste du monde, mais Ghost était tout sauf tranquille. Quand je me suis levée, il m'a suivie, s'enroulant autour de mes chevilles et miaulant sans arrêt.

Alors que je commençais à me demander s'il y avait peut-être un animal sauvage dehors, ou quelque chose comme ça, j'ai entendu le faible son d'une vibration contre une surface dure. Regardant à nouveau vers le bas par-dessus la rambarde, j'ai vu l'écran lumineux de mon téléphone. Liam et moi avions laissé nos téléphones sur le comptoir de la cuisine. Le sien s'est allumé juste après le mien.

Quand je l'ai entendu s'approcher derrière moi, j'ai jeté un coup d'œil en arrière, et j'en ai presque eu le souffle coupé. Parce qu'il était tout simplement ridicule dans son slip moulant avec son torse musclé. Mon cœur a donné un coup violent, et mon ventre a fait un tour rapide.

Mais ce n'était pas le moment. — Nos deux téléphones sonnent, ai-je dit en me précipitant dans les escaliers pour attraper le mien.

Je n'ai même pas regardé l'écran en appuyant sur le bouton pour répondre. Avant que je puisse parler, Tante Lea criait presque dans mon oreille. — Les jumelles ont disparu !

Liam prenait son téléphone à côté de moi, ses yeux s'écarquillant en entendant la personne à l'autre bout du fil. Je supposais que c'était Jacob, ne serait-ce que parce qu'il serait probablement plus calme que Tante Lea en ce moment.

— Tante Lea, ai-je dit, la peur et l'inquiétude me nouant la poitrine. Dis-moi ce qui se passe.

J'ai entendu Liam s'éloigner, le grondement bas de sa voix provenant du coin de la pièce alors qu'il parlait à Jacob. Il a fait une pause, m'a regardée et a articulé en silence, « *Jacob* », avant de se détourner.

Tante Lea, qui était d'habitude calme et maîtresse d'elle-même même dans les circonstances difficiles, semblait complètement affolée. — Je ne sais pas ! Je me suis réveillée. Je ne sais pas pourquoi, c'est arrivé comme ça. Tu sais que je ne dors jamais toute la nuit de toute façon. Mais je suis allée dans le couloir vérifier les filles par habitude. Elles n'étaient pas dans leur chambre, alors j'ai pensé qu'elles étaient en bas dans la salle de télé. Elles sont introuvables ! As-tu une idée d'où elles pourraient être allées ?

Je n'en avais vraiment aucune. Bien que les jumelles aimaient faire un peu de bêtises, pour des filles de treize ans, elles étaient plutôt sages quand il s'agissait de ce genre de choses. C'étaient des enfants plutôt bien élevés, qui avaient de bonnes notes et, la plupart du temps, faisaient ce qu'on leur demandait. J'étais stupéfaite d'apprendre qu'elles s'étaient faufilées hors de la maison. Ce qui m'inquiétait, c'était la possibilité que quelqu'un les ait emmenées, mais je ne voulais pas le dire à voix haute. — Tante Lea, tu dois te calmer. As-tu appelé ma mère ?

— Non, je t'ai appelée en premier. Tu passes tous les après-midi avec elles, et elles t'admirent tellement. Je pensais que tu aurais peut-être une idée de l'endroit où elles seraient allées.

J'ai pris une profonde inspiration, voulant que mon ventre cesse de se nouer. Alors que je me tournais pour jeter un coup d'œil en direction de Liam, il abaissait son téléphone. Il est venu à côté de moi, faisant glisser sa main le long de ma colonne vertébrale. — Je vais monter m'habiller. Tu veux venir avec moi ?

— Tante Lea, Liam va m'emmener faire un tour en ville, et puis nous viendrons chez toi. Peut-être qu'elles sont juste dehors.

— Il fait trop froid pour ça ! s'est-elle exclamée.

— D'accord, ai-je dit, essayant de garder une voix calme. Je dois me changer, pour qu'on puisse venir. Pourquoi n'appelles-tu pas ma mère ?

— D'accord, d'accord, a-t-elle répondu, sa voix toujours aiguë.

J'ai raccroché rapidement, regardant Liam alors que nous montions en hâte les escaliers. — Qu'a dit Jacob ?

— Il ne sait pas non plus. Évidemment, il est très inquiet. Il se dirige vers la chambre des jumelles pour voir s'il peut détecter des sorts ou des traces de quoi que ce soit.

Mon esprit parcourait les derniers après-midi passés avec

elles, essayant de penser s'il y avait eu des indices qu'elles auraient laissé échapper alors que j'enfilais rapidement mes vêtements. J'ai mis un pantalon de survêtement et un vieux sweat avant d'enfiler une paire de chaussettes et de me dépêcher derrière Liam, qui avait enfilé son jean et un t-shirt. En quelques minutes, nous avions nos chaussures et nos vestes et nous nous dirigions dans l'obscurité glaciale de l'automne.

Je ne voulais même pas imaginer les jumelles dehors par ce temps. Nous nous réveillerions probablement avec du givre sur le sol. L'air était terriblement mordant, l'hiver commençant tout juste à planter ses dents dans l'air nocturne.

Alors que Liam filait le long de la route côtière depuis ma maison de cocher vers celle de Tante Lea et Jacob, j'ai regardé l'océan. Les étoiles brillaient dans le ciel. La lune était haut au-dessus de l'océan, jetant un chemin miroitant à sa surface, ondulant avec les vagues qui s'écrasaient sur le rivage.

— Ce n'est pas leur genre, ai-je dit, regardant Liam.

Sa main était accrochée au volant, et ses yeux fixés sur la route. — On doit appeler Daniel, a-t-il proposé en guise de réponse.

— Oh, c'est vrai, ai-je dit, sortant rapidement mon téléphone de ma poche et composant son numéro.

— Daniel, ai-je dit dès qu'il a répondu. Sa voix était endormie. Je n'avais même pas pensé à vérifier s'il était de service. — C'est Moira. Désolée de t'appeler maintenant, mais Celia et Delia ont disparu.

Je pouvais le sentir se réveiller brusquement à travers la ligne téléphonique. — Quoi ?

J'ai entendu la voix de Zoé en arrière-plan, demandant ce qui se passait.

— C'est tout. Liam et moi nous dirigeons chez Jacob et Lea maintenant si tu veux nous y retrouver.

— J'arrive tout de suite, a rapidement dit Daniel, la ligne se coupant dans mon oreille.

Tante Lea et Jacob vivaient de l'autre côté du centre-ville.

Charm Cove était charmant même au milieu de la nuit. Les réverbères dessinaient la forme de la ville dans l'obscurité, et le centre-ville était calme pour une fois. J'aurais aimé le voir plus souvent comme ça — de préférence quand je n'étais pas terrifiée par le sort de mes deux jeunes cousines.

Alors que Liam ralentissait en traversant la ville, j'ai regardé autour de moi, scrutant pour trouver quelque chose d'inhabituel mais n'ai rien remarqué. L'anxiété me nouait le ventre, l'inquiétude tournoyait comme une folle dans mes pensées. Je n'arrivais pas à comprendre dans quelles circonstances les jumelles auraient décidé de se faufiler dehors. La conclusion vers laquelle mon esprit revenait sans cesse était que quelque chose de sinistre se tramait.

Lorsque nous sommes arrivés chez Lea et Jacob, mes parents arrivaient en même temps. Je pouvais voir ma mère avec son téléphone collé à l'oreille dans la lueur de la lumière de la voiture quand mon père a ouvert sa portière.

— Salut, Papa, ai-je appelé alors qu'il sortait.

Liam a glissé sa main dans la mienne, notre souffle formant de la buée dans l'air frais tandis que nous nous précipitions sur l'allée vers la maison. Comme tant de familles à Charm Cove, Lea et Jacob vivaient dans une vieille maison coloniale. C'était un rectangle parfait de deux étages. Sans prendre la peine de frapper, nous sommes entrés par l'entrée principale, la lourde porte résonnant dans le hall d'entrée en se refermant derrière nous. C'est seulement à ce moment-là que ma mère a raccroché. Tante Lea est arrivée en volant dans le couloir jusqu'au vestibule, sa robe de chambre tourbillonnant derrière elle. Elle a jeté ses bras autour de ma mère.

— Camille ! Je ne sais pas où elles sont ! a-t-elle gémi.

Ses joues étaient humides, et ses yeux rouges d'avoir pleuré. Pendant ce temps, Jacob était introuvable.

— Où est Jacob ? a demandé mon père.

Tante Lea a reculé et a regardé mon père. — Il est monté

dans leur chambre. Il vérifie s'il peut sentir quelque chose là-haut.

— Ça te dérange si je monte ? ai-je demandé.

Tante Lea a rapidement secoué la tête. Pour une fois, elle n'avait pas l'air parfaitement composée. Ma mère non plus, bien qu'elle ait changé son habituel pyjama en soie pour un pantalon en coton doux et un sweat assorti avec un coupe-vent.

J'ai regardé Liam. — Tu veux venir avec moi ?

Il a secoué la tête. — Je vais parler à Gabriel, a-t-il répondu, désignant du menton mon père qui se dirigeait vers la porte arrière à l'autre bout du couloir qui s'étendait depuis le vestibule. Que les filles se soient faufilées dehors ou que quelqu'un soit entré dans la maison pour les prendre, il était peu probable qu'elles soient passées par la porte d'entrée.

Je me demandais vaguement si quelqu'un que nous connaissions avait suffisamment de pouvoir pour les transporter d'une manière ou d'une autre. Je n'en avais pas connaissance et j'étais sûre que je l'aurais su si quelqu'un en était capable. Ce genre de magie était quelque chose qu'on entendait dans les vieilles légendes, mais il n'y avait pas d'histoires confirmées. Bien que les cambriolages aient mis toute notre ville sur les nerfs dans le monde des sorcières, ce type d'ambiance sinistre n'avait pas grondé sous la surface. Je me suis dit que nous aurions détecté quelque chose comme ça.

Me précipitant à l'étage, j'ai parcouru le couloir, mes pas résonnant alors que je jetais un coup d'œil par la porte de la chambre des jumelles. Oncle Jacob était déjà un homme grand et imposant, mais il avait l'air ridiculement énorme là-dedans. Debout dans une chambre de filles avec deux lits jumeaux contre les murs et tout décoré en nuances de rose et lavande, dire qu'il était déplacé était un euphémisme.

Il a levé les yeux quand j'ai franchi la porte, son regard vif et concentré. — Il n'y a rien, a-t-il dit doucement. Je suis sûr que personne n'a été dans cette chambre à part elles.

Jacob pouvait sentir les choses après qu'elles se soient

produites. Si c'était un pouvoir spécial en soi, il y avait un autre pouvoir. Un pouvoir unique aux femmes — je savais ce que c'était que d'être une adolescente. Mes yeux ont scruté la pièce, cherchant où les filles auraient pu avoir des notes, des gribouillis, ou même des journaux intimes. Mon regard s'est posé sur un bureau entre leurs deux lits. Un carnet rose vif était posé d'un côté. J'ai deviné que c'était celui de Delia parce qu'il était rose. Les filles étaient très pointilleuses sur le fait que l'une d'elles pouvait porter du rose et l'autre du lavande. Même leur magie correspondait, émettant la lueur respective de leurs couleurs.

Passant devant Oncle Jacob, j'ai soulevé le carnet et l'ai ouvert. Elle y avait griffonné de petits dessins, un poème d'amour écrit à un garçon inconnu. J'ai parcouru les pages, feuilletant jusqu'à la fin car le début semblait plein de futilités. À la fin, il y avait un autre ensemble de notes.

En les lisant, j'ai vu l'écriture de Celia et Delia alterner. J'ai réalisé qu'elles avaient pris des notes dans les semaines suivant les cambriolages. On aurait dit qu'elles essayaient de résoudre le mystère elles-mêmes. Elles avaient documenté une chronologie assez détaillée qui, jusqu'à présent, n'avait existé que dans ma tête.

Alors que mes yeux parcouraient la page, j'ai vu la dernière note qui mentionnait quand Beatrice nous avait abordées dans le parc pour nous parler de l'homme qu'elle avait vu.

J'ai levé les yeux vers Jacob. — Cela ne me dit pas grand-chose, mais je me demande si nous devrions aller en ville.

Jacob a arqué un sourcil, sa question silencieuse.

— Eh bien, ai-je commencé, brandissant le carnet rose vif, il semble que les jumelles aient noté tout ce qu'elles ont appris sur les cambriolages. Tu sais comme elles sont curieuses. Elles adorent résoudre des énigmes. Beatrice Powers m'a approchée l'autre jour quand j'ai emmené les jumelles prendre un café au Magic Beans. Elle nous a parlé d'un homme qu'elle avait vu en ville à deux reprises maintenant. Bien que je ne pense pas qu'elles se faufilent dehors pour s'amuser, je peux tout à fait les imaginer se faufiler pour faire quelque chose comme ça. Elles adoreraient. Et il est hors de question qu'elles demandent parce qu'elles savent que tu dirais non.

Avant même que j'aie fini de parler, Jacob se retournait et marchait rapidement dans le couloir en appelant Tante Lea. Nous nous sommes tous rassemblés dans la cuisine en bas.

— Et si j'y allais seule d'abord ? Je peux me téléporter directement dans la boutique. Vous pouvez tous me rejoindre là-bas, ai-je suggéré.

Tout le monde a hoché la tête simultanément, mais ma mère a ajouté un avertissement. — Sois prudente et pars tout de suite si ce n'est pas sûr.

— Bien sûr, Maman. Mais je ne vais nulle part si les jumelles ne sont pas en sécurité.

Liam a croisé mon regard. — Nous serons juste derrière toi.

Je me suis écartée, j'ai pris une profonde inspiration, fermé les yeux et me suis concentrée. En un instant, j'ai pu sentir le pouvoir monter en crête à l'intérieur de moi. C'était comme une vague qui s'écrasait à l'intérieur chaque fois que je lançais ce sort.

CHAPITRE SEIZE

Une fumée scintillante tourbillonna autour de moi, et je disparus à l'intérieur, réapparaissant dans les toilettes à l'arrière d'Épargne-Moi Ton Sortilège.

Je m'arrêtai un instant pour reprendre mes esprits. Le magasin était silencieux à l'arrière, mais je sentais que des personnes étaient présentes. Pas parce qu'elles faisaient du bruit, mais parce que je pouvais sentir l'électricité dans l'air.

Me précipitant vers l'avant, je traversai le rideau de perles, et ma bouche s'ouvrit grand devant la scène qui se déroulait sous mes yeux.

Un homme correspondant à la description que Beatrice nous avait donnée, avec des cheveux poivre et sel et une silhouette mince et élancée, se tenait au milieu du magasin. Il avait une baguette et l'une des potions du fond dans les mains. Il semblait également plutôt contrarié. Les jumelles se tenaient de chaque côté de lui et le maintenaient en place avec — vous l'aurez deviné — des cercles rose et violet. Même dans une situation stressante, leurs couleurs signature laissaient leur empreinte.

Individuellement, Celia et Delia n'auraient pas pu réussir ce sort, mais ensemble, elles le pouvaient.

Celia me regarda depuis le coin, souriant largement. — Regarde, Moira ! On l'a attrapé !

Oh là là. Elles l'avaient attrapé, en effet, mais je ne savais pas pour combien de temps. Nous avions besoin de plus que juste moi ici pour garder la situation en main.

— Je vois, les filles, criai-je. Tenez bon et nous aurons bientôt plus d'aide ici.

J'aurais aimé comme pas possible avoir la capacité de transporter d'autres personnes avec moi.

J'envoyai rapidement un texto à Liam. *Viens vite. Au magasin, besoin d'aide.*

Je ne savais honnêtement pas combien de temps les jumelles pourraient retenir cet homme, et je n'avais aucune idée s'il possédait ses propres pouvoirs. Tout ce que je savais, c'est qu'il était certainement furieux.

Tandis que je me tenais là, réfléchissant à comment aider les jumelles, l'homme en question me regarda, son regard sombre. — Ce n'est pas nécessaire, cracha-t-il.

M'approchant des cercles qui l'entouraient, je posai une main sur ma hanche. — Eh bien, c'est le milieu de la nuit, et vous êtes entré par effraction dans ce commerce. Encore une fois. Je suppose que vous êtes responsable de tous les autres cambriolages en ville.

La bouche de l'homme se tordit en un rictus. — Tu aimerais bien le supposer, n'est-ce pas ? Je n'ai aucun pouvoir. Alors si elles me laissent partir, nous pouvons simplement discuter de tout ça.

Je secouai la tête. — Certainement pas. Je n'ai aucune raison de vous faire confiance.

Pendant que je parlais, les pensées tourbillonnaient dans mon esprit. Pour commencer, il ne semblait pas perturbé par le fait que des cercles lumineux roses et violets créés par des jumelles adolescentes identiques le retenaient en place. N'importe qui ignorant la magie aurait été un peu secoué par la situation. Il connaissait donc la magie et son pouvoir.

J'éprouvai un soulagement quand j'entendis la poignée de la

porte d'entrée s'agiter, et je me précipitai pour l'ouvrir. Jacob et mon père entrèrent les premiers, tous deux grands et imposants, deux sorciers avec des décennies d'affinement de leur pouvoir. Non pas qu'ils fussent plus puissants que les sorcières, bien sûr, mais leur présence était légèrement plus intimidante parce qu'ils étaient grands, forts et avaient l'air en colère en ce moment.

Mon père se plaça de l'autre côté de l'homme, en face de moi dans les cercles. Son regard balaya l'espace, un sourire jouant aux coins de sa bouche. Quand je regardai Jacob, son expression coléreuse s'était transformée en un large sourire. Ils étaient tous les deux clairement amusés par ce que les jumelles avaient réussi.

Ma mère, Tante Lea et Liam se précipitèrent dans le magasin quelques minutes plus tard. Liam rangea ses clés dans sa poche en franchissant la porte. Il contourna le cercle pour se tenir à mes côtés. Se penchant vers moi, il me murmura à l'oreille : — Daniel est en route. Il devrait être là d'une seconde à l'autre.

Je n'étais plus inquiète quant à ce que l'homme reste enfermé, mais je ne savais toujours pas s'il avait des pouvoirs réels. Je passai mentalement en revue comment les différents pouvoirs parmi nous pourraient aider. Liam avait la capacité de restaurer des objets, ce qui ne serait pas très utile maintenant. Jacob pouvait détecter des traces de sorts, et Tante Lea avait la capacité de lancer des sorts d'immobilisation, que ses deux filles avaient clairement hérités. Ma mère, entre autres pouvoirs, avait la capacité de sentir si quelqu'un cachait quelque chose. De nous tous ici ce soir, mon père pourrait être le plus utile en ce moment. Il avait la capacité de savoir si quelqu'un possédait des pouvoirs magiques. Ce que je ne savais pas, c'est s'il pouvait le faire au milieu d'un sort de contention.

Avant que je puisse parler, il répondit à la question pour moi. Regardant les jumelles, il dit : — Les filles, élargissez-le un peu et faites-moi entrer.

Le reste d'entre nous recula légèrement tandis que mon père avança. En un éclair, le cercle s'élargit légèrement pour l'inclure.

Gabriel Wicked n'utilisait pas souvent sa magie, mais quand il le faisait, elle fonctionnait. Il pencha la tête sur le côté et leva une main, la faisant passer de haut en bas dans l'air devant l'homme qui se tenait dans le cercle avec lui. Après un moment, il regarda les jumelles. — Vous pouvez le laisser tomber maintenant.

Alors que les cercles lumineux disparaissaient, Jacob, Liam et mon père s'approchèrent pour entourer l'homme. Si la magie ne pouvait pas le retenir en place, cela ne signifiait pas qu'il n'essaierait pas simplement de s'enfuir.

La voix de mon père brisa le silence. — Il a un peu de magie, mais pas beaucoup. Pas assez pour combattre l'un d'entre nous.

Tante Lea se précipita vers les jumelles, les serrant contre elle. Elle recula, une main sur chacune de leurs joues. — Est-ce que vous allez bien, les filles ? Est-ce qu'il vous a enlevées ? demanda-t-elle.

Les yeux des jumelles s'élargirent simultanément.

— Nous allons bien, et non, il ne nous a pas enlevées. Nous l'avons entendu parler cet après-midi au téléphone quand nous nous promenions sur la place. Il disait à quelqu'un qu'il reviendrait au centre-ville après la fermeture. Alors nous avons décidé de nous faufiler dehors. Nous avons pratiqué nos sorts, répondit Celia fièrement tandis que Delia hochait la tête en signe d'approbation.

Avant que j'aie le temps de me concentrer là-dessus, Jacob plissa les yeux, se focalisant sur l'homme devant eux. — Qui êtes-vous ?

Tandis qu'il parlait, la porte d'entrée du magasin s'ouvrit, et Daniel entra. Il avait l'air un peu endormi, et ses cheveux étaient ébouriffés, mais il portait son uniforme de police et il avait des menottes. Il s'arrêta, ses yeux scrutant la pièce avant de se placer aux côtés de Liam.

— Je présume que cet homme est entré par effraction dans le magasin, dit-il rapidement, semblant tout à fait officiel étant donné l'heure tardive et le fait qu'il venait de sortir du lit pour venir ici.

À mon hochement de tête quand ses yeux se tournèrent vers moi, il s'approcha de l'homme. — Votre nom, s'il vous plaît, dit calmement Daniel, son ton autoritaire.

L'homme, toujours l'air plutôt contrarié comme si nous l'avions dérangé, soupira. — Richard. Richard Burroughs. Pas besoin d'en faire plus que nécessaire. Je suis amical, insista-t-il.

Liam pencha la tête sur le côté et le regarda. — Si vous êtes si amical, alors pourquoi diable avez-vous cambriolé des endroits en ville ?

Tante Lea prit la parole depuis l'endroit où elle se tenait avec les jumelles. — Si vous pensez une minute que nous sommes si stupides, vous feriez mieux de réfléchir à nouveau. Elle se redressa, ses yeux lançant presque des éclairs tandis qu'elle regardait l'homme.

J'étais contente de la voir revenir à sa forme habituelle. Sa détresse plus tôt avait été tout à fait compréhensible, mais j'étais soulagée de la voir rebondir directement vers son moi habituel franc et direct.

L'homme que nous connaissions maintenant comme étant Richard Burroughs soupira. — Écoutez, je sais que vous êtes tous une bande de sorcières, et je ne panique pas à ce sujet. Il est logique que je sois amical. Si j'en avais envie, je pourrais vous attirer beaucoup d'ennuis.

Il regarda Daniel comme si Daniel allait soudainement décider que se trouver dans une pièce pleine de sorcières était un problème.

M'approchant de lui avec ma main de nouveau sur ma hanche, je le fusillai du regard. — Vous êtes à Charm Cove, dans le Maine. La plupart des gens ici sont des sorcières. Si vous pensez que vous allez créer des problèmes en divulguant ce secret, détrompez-vous.

Delia intervint. — Ouais. Nous gérons ça depuis des siècles. Ce n'est pas comme si nous ne savions pas comment nous protéger.

Je dus me mordre l'intérieur de la joue pour m'empêcher de

sourire à ses mots. Elles étaient si fières d'elles-mêmes. J'étais fière d'elles aussi. Personne ne dirait que c'était une bonne idée qu'elles se soient faufilées hors de la maison pour faire cela, mais elles avaient géré la situation comme des championnes.

Quand Daniel ne vint pas à la rescousse de Richard, celui-ci soupira à nouveau. — D'accord, très bien. Allez-y, arrêtez-moi. J'essaie seulement de récupérer ce que ma famille n'aurait jamais dû perdre en premier lieu.

— Et qu'est-ce que c'était ? demanda ma mère, son ton d'un calme mortel.

Je pouvais sentir la colère vibrer sous la surface de ses mots. Elle était très protectrice envers les jumelles, comme nous tous. Tout ce qui les mettait en danger, même si c'était de leur propre initiative au départ, n'était pas acceptable pour elle.

Richard grommela tandis que Daniel cliquetait les menottes autour de ses poignets. J'étais surprise que Daniel n'intervienne pas davantage, mais il semblait content de nous laisser harceler cet homme.

— Eh bien, vous et vos familles avez quitté Salem à temps pour rester en sécurité. Ce n'était pas le cas pour tout le monde. Les sorcières devraient prendre soin les unes des autres, dit Richard pendant que Daniel ajustait les menottes à ses poignets.

— Alors vous êtes un descendant des Burroughs qui sont morts pendant les procès des sorcières ? demanda Liam.

Richard hocha la tête. — Ouais, dit-il sèchement. Nous ne sommes pas tous sortis en sécurité. Ma famille a fui et a renoncé à la magie, alors nous l'avons perdue. Je voulais juste récupérer ce qui aurait dû être à nous dès le début.

CHAPITRE DIX-SEPT

J'ai ressenti un élan de compassion pour cet homme. Je n'arrivais pas vraiment à imaginer ce que ça pouvait faire de savoir qu'on possédait le don de pouvoir, mais qu'il était trop faible pour être utilisé. Même si j'avais tenté de repousser mon propre pouvoir, c'était différent car ça avait été mon choix, aussi malavisé soit-il. J'avais eu ce pouvoir ; je l'avais simplement laissé en sommeil pendant quelques années. Alors que la conversation se poursuivait autour de moi, quelque chose d'étrange se produisit en moi.

Pendant tout ce temps, quand je fuyais mon destin et tentais de me cacher de ma nature de sorcière, je n'avais jamais envisagé ce qui aurait pu arriver si j'avais réellement réussi. Si j'avais vraiment éteint cette partie de moi-même, j'aurais pu créer une situation semblable à celle de l'homme qui se tenait devant moi. Quelques générations plus tard, son pouvoir s'était dilué jusqu'à devenir presque inexistant parce que personne dans les générations précédentes ne l'avait entretenu et nourri comme il le fallait. Car c'était un don—un don comme aucun autre sur cette planète. Ceux d'entre nous qui le possédaient devaient l'honorer pour ce qu'il était.

En un éclair, le poids de mon destin me frappa de nouveau, et je me sentis soudain submergée. J'avais complètement perdu le fil de la conversation autour de moi, mais Liam avait dû percevoir quelque chose car je sentis sa main envelopper la mienne, son étreinte chaude et forte m'apaisant et me recentrant. En levant les yeux, je rencontrai ce regard perspicace qui me connaissait si bien.

Pendant un instant, mon souffle se bloqua, mon cœur se serra, et mon ventre se noua.

Je fus tirée de ma rêverie quand Tante Lea cria presque : « Espèce de crétin ! Comment oses-tu insinuer que mes filles ont fait quoi que ce soit de mal ! »

Je détournai mon attention de Liam vers elle. Avec ses cheveux défaits et dans sa robe de chambre, elle avait l'air sauvage.

Daniel sembla finalement décider que laisser un groupe de sorcières interroger Richard au milieu de la nuit n'était peut-être pas le meilleur plan. « D'accord, d'accord, » dit-il, levant une main. « Je l'ai déjà arrêté, alors nous nous rendons au commissariat maintenant. Je vais l'interroger officiellement là-bas. Vous êtes libres de nous accompagner, mais c'est officiel. »

Tout le monde parlait en même temps tandis que Daniel se tournait et se dirigeait vers l'entrée avec Richard menotté à ses côtés. Daniel jeta un regard en arrière, insistant. « Certaines choses doivent passer par les voies officielles. »

Les adultes se turent tous. Nous maintenions la paix avec le chef de police de Charm Cove en le laissant faire son travail. Pendant ce temps, les jumelles gloussaient toujours d'excitation, leurs coudes entrelacés. Nous avons regardé Daniel partir avec Richard, le plaçant à l'arrière de sa voiture de patrouille alors qu'une autre voiture arrivait pour les suivre pendant le court trajet jusqu'au commissariat.

Nous sommes restés ensemble dans la boutique. J'ai regardé autour de moi, et mon cœur se sentait étrangement plein. Je ne savais pas ce que ce moment particulier avait de spécial, mais la profondeur et l'étendue de l'histoire et du pouvoir dans la pièce m'ont submergée comme une vague.

Lâchant la main de Liam, je me suis approchée des jumelles, les serrant chacune dans mes bras avant de reculer pour leur presser les épaules. « Eh bien, vous nous avez fait une peur bleue, mais vous vous en êtes bien sorties quand ça a chauffé, » ai-je dit, un sourire s'étalant sur mon visage.

Delia releva fièrement le menton. « C'est vrai. »

Jacob s'éclaircit la gorge derrière moi. « Nous sommes tous fiers de vous, mais... » Ses mots s'estompèrent, et sa voix devint grave. « Plus de sorties en cachette. La prochaine fois, vous nous prévenez. »

Celia intervint. « Mais, Papa, tu ne nous aurais pas laissées y aller. »

Delia acquiesça vigoureusement, se rapprochant à nouveau de sa jumelle.

Tante Lea se plaça derrière elles, glissant ses bras autour de leurs épaules. « Les filles, nous en discuterons plus tard. »

Elle semblait enfin calme, même si toujours un peu émotive. Quand nous sommes sortis dans la rue, j'ai jeté un coup d'œil à Liam. Croisant son regard, j'ai incliné la tête sur le côté en souriant. « Prêt à rentrer ? »

Il baissa les yeux, son regard brillant sous la douce lueur des réverbères, et hocha la tête. La voiture de patrouille de Daniel s'éloigna du trottoir alors qu'il allumait ses gyrophares. Nous avons regardé les lumières bleues et rouges clignoter tandis qu'il descendait lentement Charming Way.

J'ai regardé notre petit groupe. « Est-ce que quelqu'un va au commissariat ? »

Mon père regarda ma mère en lui tendant la main. « Nous irons. Vous deux, rentrez. Jacob et Lea doivent aussi ramener les jumelles. »

Notre groupe se dispersa. Liam me tint la portière pendant que je montais dans la voiture. Quand les autres voitures s'éloignèrent, je jetai un coup d'œil vers lui, et il se pencha en avant, capturant mes lèvres dans un baiser. Sa langue effleura la commissure de mes lèvres, s'insinuant rapidement pour s'entrelacer avec la mienne avant qu'il ne s'écarte. Avec mon pouls qui battait dans ma poitrine et des papillons qui virevoltaient dans mon ventre, je le fixai du regard.

Il était silencieux tandis que nous nous regardions simplement. Après quelques instants, il se redressa. J'attachai ma ceinture pendant qu'il fermait la portière. Le clic de la boucle résonna bruyamment dans la nuit silencieuse. Nous sommes rentrés à travers l'obscurité pendant que je regardais l'océan, observant les vagues qui roulaient vers le rivage, la lumière argentée de la lune miroitant sur l'eau.

Après être rentrés, j'ai suivi Liam sur la terrasse arrière. L'air était froid, et je pouvais presque sentir le givre se former sur les feuilles et l'herbe mourante, les dernières fleurs se fanant sous la puissance de sa force glaciale.

Ghost nous a suivis sur le porche, sautant sur la rambarde pour surveiller le jardin, son petit royaume félin. J'ai rejeté la tête en arrière, regardant le ciel nocturne. Les étoiles étaient éparpillées, leurs motifs facilement visibles tandis que mes yeux les suivaient—des points de lumière montrant le chemin vers des mondes très éloignés d'ici.

« Moira, » dit Liam, sa voix rauque.

« Quoi ? » demandai-je, un frisson me parcourant alors que je me tournais vers lui, et il prit ma main dans la sienne.

« Combien de temps allons-nous continuer à danser autour de ça ? » demanda-t-il.

Ce même sentiment que j'avais eu quand nous étions tous dans la boutique me traversa — mon destin était là, juste devant moi.

Avec mon pouls qui s'emballait, je soutins son regard, un picotement remontant le long de ma colonne vertébrale et propageant une chaleur qui s'épanouissait en moi. Je n'aurais pas pu détourner les yeux même si ma vie en dépendait.

« Je ne pense pas que nous dansions autour, » dis-je finalement.

« Ah non ? » s'enquit-il en se tournant pour me faire face, lâchant ma main pour écarter plusieurs mèches rebelles de mon front.

Alors qu'il les glissait derrière mon oreille, un frisson brûlant me traversa de part en part.

« D'accord alors, » murmura-t-il.

Baissant la tête, il posa ses lèvres sur les miennes. Il y a des baisers, et puis il y a ce que c'est d'embrasser Liam—le garçon que j'avais autrefois aimé de tout mon cœur, et l'homme que je connaissais maintenant d'une façon dont je ne connaissais personne d'autre.

Notre destin scintillait dans l'air autour de nous. Bien que je ne pense pas vraiment que nous dansions autour, je n'étais pas tout à fait sûre de ce que ce moment présageait.

Quand il s'écarta, son regard captura le mien—un moment d'un bleu électrique.

CHAPITRE DIX-HUIT

Le lendemain matin, j'étais accoudée au comptoir, le menton posé sur une main, regardant Liam. Je n'étais pas tout à fait sûre de ce qui avait changé entre nous la nuit dernière, mais quelque chose avait certainement évolué. On aurait dit que l'air autour de nous était chargé d'émotion et de destin. Dès que j'ai pensé au mot *destin*, un léger sourire s'est dessiné sur mes lèvres. Parce que parfois, peu importe à quel point je le ressentais profondément — comme une cloche résonnant dans tout mon corps — tout cela semblait si niais et ridicule.

C'était tout sauf niais, et les eaux que nous remuions étaient profondes. Liam but une gorgée de son café après avoir terminé la dernière bouchée de son omelette, le bruit de sa fourchette posée contre l'assiette résonnant dans la pièce.

Ghost bondit sur le comptoir, presque comme s'il savait que nous avions fini de manger. J'étais assez certaine qu'il le savait. Il ne suivait les règles que lorsqu'il en avait envie, comme un enfant récalcitrant qui décide occasionnellement de m'humorer.

Le regard de Liam croisa le mien tandis qu'il me fit un clin d'œil, allégeant efficacement l'atmosphère. J'étais plongée dans mes pensées, et ce n'était pas vraiment un bon endroit pour moi. Je pouvais y tourner en rond et me laisser emporter par toutes sortes d'inquiétudes. Aucune ne ferait la différence — les choses étaient ce qu'elles étaient, et seraient ce qu'elles seraient. *Profondes réflexions.* Sur ce roulement d'yeux mental, je forçai mon esprit à passer à autre chose.

Pour l'instant, d'après ce que je savais, nous avions enfin résolu le mystère des cambriolages. J'avais l'impression de pouvoir respirer un peu plus librement pour la première fois depuis des semaines. L'homme dont le destin était entrelacé avec le mien tendit la main et serra la mienne avant de se pencher en arrière sur son tabouret.

— Je suppose qu'on devrait aller au commissariat parler avec Daniel, dit-il.

— Je suppose qu'on devrait. Je n'arrive pas à croire que personne n'ait encore appelé ce matin.

— Je suppose que Jacob et Lea sont restés avec les jumelles pour la matinée. Tes parents sont probablement notre meilleure source d'informations, puisque ce sont eux qui sont allés au poste hier soir. On passe les voir d'abord ? demanda-t-il.

Me redressant et attrapant son assiette, je me levai pour la mettre dans le lave-vaisselle à côté de la mienne. En me retournant, je souris.

— Oui. Allons d'abord voir ce qu'ils savent, puis allons voir où en sont les choses avec Daniel.

Après un rapide passage chez mes parents, nous avons appris que Richard avait avoué les autres cambriolages. Il semblait penser qu'il ne devrait pas être inculpé parce qu'il avait du sang de sorcier. Mon père avait simplement secoué la tête à cette déclaration. Apparemment, Richard était passé de l'idée de faire chanter tous les sorciers avec la menace de les exposer à celle de s'en servir pour s'en sortir.

Tandis que Liam conduisait vers la ville, je jetai un coup d'œil vers lui, appréciant les lignes nettes de son profil. Il n'avait pas eu le temps de se raser ce matin, et je ne pus résister à l'envie de tendre la main pour effleurer du bout des doigts la barbe naissante sur sa mâchoire. J'ai toujours craqué pour une barbe de trois jours, peu importe l'heure qu'il est.

Il m'adressa un sourire éclatant et un clin d'œil.

— Qu'est-ce que tu penses que Daniel l'a inculpé de quoi ? demandai-je.

— Vu qu'il a avoué les cambriolages, je suis sûr qu'il l'a inculpé pour ça. Je pense que, comme tes parents l'ont dit, notre travail consiste simplement à retrouver tout ce qu'il a volé et à le remettre à sa place. Il n'habite pas ici, donc à moins qu'il n'ait réussi à louer quelque chose quelque part en douce, je suppose qu'il a stocké ces objets en dehors de la ville.

— Exact, et ensuite nous devons nous occuper de lui. Je ne lui en veux pas d'être contrarié que sa famille ait perdu son pouvoir, mais c'était entièrement leur faute. Plutôt que de fuir ailleurs, ils auraient pu venir à Charm Cove. Il semble que la famille était au courant, mais ils ont voulu renier tout leur héritage de sorciers.

Liam s'arrêta devant le poste de police. Je levai les yeux vers le bâtiment familier alors que nous entrions, celui qui m'avait accueillie lors de mon retour officieux à Charm Cove l'été dernier. L'édifice en briques était à la fois majestueux et utilitaire. Le sous-sol avait autrefois servi de prison, mais ce n'était plus le cas. Le poste de police de Charm Cove avait une cellule de détention au premier étage, mais toute personne qui restait ici plus de quarante-huit heures était transférée à Brunswick en attente de son procès. J'espérais que Daniel nous laisserait parler avec Richard ce matin.

Daniel nous avait probablement vus approcher car lorsque nous sommes entrés dans la salle d'attente, il a ouvert la porte sur le côté, nous faisant signe d'entrer à l'arrière.

— Bonjour, Liam, Moira, dit-il avec un hochement de tête. Vous voulez du café ?

Liam me regarda, haussant un sourcil en guise de question.

— Ça va pour moi, répondis-je.

— Pareil, ajouta-t-il.

— Suivez-moi, dit Daniel, en descendant le couloir et en passant par une porte au bout, qui menait à son bureau. Tandis qu'il s'asseyait à son bureau, il fit un geste vers les deux chaises en face. Liam et moi nous y sommes glissés. Je me penchai en avant, posant mes coudes sur mes genoux et allant droit au but.

— J'ai parlé à mes parents ce matin. Il semble que tu vas l'inculper pour les cambriolages, n'est-ce pas ?

Daniel hocha la tête.

— C'est prévu. Je vais le garder pour la journée et l'interroger à nouveau avant de déposer des accusations formelles. Le procureur a déjà confirmé qu'il prendrait l'affaire. Pour l'instant, nous avons sa confession et le fait qu'il a été pris dans ton magasin hier soir. Mais, comme vous le savez, je vais devoir laisser beaucoup de choses hors du rapport de police d'hier soir, dit-il en secouant lentement la tête.

Le procureur était également un sorcier, donc je n'étais pas particulièrement inquiète à ce sujet, mais je savais que la police et les tribunaux devaient gérer les problèmes de sorcellerie, pour ainsi dire. Ils ne pouvaient pas exactement consigner quoi que ce soit mentionnant les jumelles retenant Richard en place avec des cercles lumineux roses et lavande.

— Le problème, c'est qu'il ne parle pas de ce qu'il a pris à tout le monde. Ta mère a remis une liste avant hier soir. Elle est assez détaillée, donc nous savons ce qui manque chez tout le monde. C'est moins clair ce qui manque du phare, cependant. J'aurais un meilleur dossier si nous pouvions mettre la main sur les objets qu'il a pris. Je ne m'attends pas à ce que vous m'expliquiez pourquoi certains de ces objets sont importants, mais je sais par Zoe qu'ils le sont.

— Tu nous autorises à essayer de lui parler ? demanda Liam.

— Je vous en prie, dit Daniel en se levant de son fauteuil de bureau. Je vais vous conduire à lui.

Nous l'avons suivi dans le couloir, à travers une autre porte, et le long d'un autre couloir jusqu'à la cellule de détention. Daniel a rapidement escorté Richard dans une petite pièce à côté de la cellule, et Liam et moi les avons rejoints. Je me demandais si Daniel avait l'intention d'enregistrer notre entretien. Tout ce que nous avions besoin de savoir était où Richard avait stocké tout ce qu'il avait pris. Mais je ne pensais pas que nous pouvions lui faire confiance pour ne pas délirer sur les aspects sorciers de tout ce désordre qu'il avait créé.

Une fois que la porte se fut refermée derrière Daniel, Liam posa ses coudes sur la table, clouant Richard du regard.

— As-tu l'intention de nous dire où tu as caché tout ce que tu as pris ? demanda-t-il, allant droit au but.

Richard secoua fermement la tête.

— Pas question. Même si je dois faire un peu de temps en prison, je sais exactement où sont ces choses quand je sortirai.

— Si tu penses qu'on ne va pas les traquer pendant que tu es derrière les barreaux, tu ferais mieux de réviser ton jugement. Si tu veux de l'aide pour récupérer le pouvoir de ta famille, tu ferais mieux de te montrer coopératif avec nous. On ne dit pas qu'on va t'aider, mais soit tu nous donnes une chance de t'aider, soit on travaillera contre toi, dis-je, un éclair d'agacement montant en moi.

Liam ricana.

— Crois-moi, tu ne veux pas ça. Cette ville est pleine de sorciers. Il se trouve que tu as volé des objets appartenant à certaines des familles les plus puissantes des environs. Mais je suppose que tu savais ce dont tu avais besoin.

Richard baissa les yeux, murmurant quelque chose entre ses dents. Quand il releva la tête, il avait l'air rancunier et résigné. La vérité toute simple était que, sans aide, il ne réussirait pas à récupérer son pouvoir à moins de savoir exactement ce qu'il faisait. Je devais lui reconnaître le mérite d'avoir fait des recherches. Il avait certainement repéré les objets dont il avait besoin.

Pourtant, quelle que soit son intention, ce ne serait pas facile. Pas sans quelqu'un pour lui apprendre comment faire. Il jouait avec la magie, et pas d'une bonne façon.

Sans l'avoir prémédité, mais parce que nous comprenions

tous les deux l'enjeu, Liam et moi sommes restés silencieux pendant que Richard pesait ses options. J'imaginais que même s'il avait fait ses devoirs, il n'avait pas vraiment compris comment faire fonctionner tout ça ensemble. Bon sang, j'étais née et avais grandi dans une famille qui ne faisait que me faire pratiquer des sorts magiques pendant mon enfance. J'étais imprégnée de destin et entourée de sorcières et de sorciers partout où je regardais. Même moi, j'aurais ressenti de l'appréhension à l'idée de réaliser ce qu'il recherchait.

Après plusieurs longs moments, il soupira profondément, nous jetant un coup d'œil.

— D'accord, marmonna-t-il. Ils sont chez moi à Boston, dans mon appartement.

— Tu ne serais pas par hasard de la famille d'Abby Proctor, n'est-ce pas ? demandai-je.

Ses yeux se plissèrent, et il parut légèrement surpris. Il ne pouvait pas savoir que je m'étais téléportée directement dans sa maison et que j'avais entendu la moitié de sa conversation avec elle. Mais je sentais que ma question avait pu leur donner un indice de ce que nous pouvions faire.

— Ouais, c'est ma cousine. Pourquoi tu demandes ?

— Je l'ai rencontrée quelques fois quand elle est venue dans notre magasin. J'ai l'impression que tu essaies de la forcer à te vendre cette maison. C'est sa maison. Si la famille voulait qu'elle lui soit transmise, alors c'est elle qui devrait l'avoir. Tu ne peux pas jouer avec des choses comme ça. Si tu penses que la maison elle-même est magique, ce n'est pas le cas. Ce n'est pas comme ça que ça marche, expliquai-je.

— Eh bien, tu ne peux pas m'en vouloir. Elle est assise sur une maudite fortune, marmonna-t-il entre ses dents. Elle n'en a absolument aucune idée.

Liam secoua la tête.

— Comme si toi, tu en avais. Très bien, dis-nous où est ton appartement.

— Hé, j'ai un peu de marge de manœuvre, protesta Richard.

Je ne vais pas vous laisser y entrer comme ça. Parlez à ce coincé de chef de police et dites-lui de me proposer un arrangement, et ensuite je vous laisserai entrer chez moi.

Je levai les yeux au ciel, luttant contre l'envie de sourire quand Liam croisa mon regard.

— Nous n'avons pas besoin de clé pour entrer chez toi. En fait, je sais où c'est. Daniel l'a de toute façon dans son dossier.

— Laisse Abby tranquille, ajoutai-je. Je ne suis pas sûre que nous puissions t'aider à négocier un arrangement. Nous ne pouvons certainement pas parler pour tout le monde, mais tu as cambriolé mon magasin. Il y a cinq autres endroits que tu as cambriolés.

J'ai repoussé ma chaise de la table, le raclement des pieds sur le sol en béton résonnant bruyamment dans la petite pièce. Liam fit de même.

— Nous verrons d'abord si tu nous dis la vérité. Si nous trouvons tout ce que tu as pris, je suis sûr que cela sera considéré en ta faveur comme une coopération avec la justice, dit-il sèchement tandis que nous nous tournions et sortions.

ÉPILOGUE

Une semaine plus tard, j'étais assise à l'immense table de la salle à manger des parents de Liam. Nous étions dans leur salle à manger formelle car ils avaient invité toutes les victimes des cambriolages pour une sorte de dîner de célébration. Richard avait été honnête, et nous avions récupéré tous les objets volés dans son petit appartement en mansarde à Boston. Au-delà de ce qu'il avait pris à Charm Cove, son appartement contenait des étagères et des étagères de grimoires. Il semblait avoir parcouru toute la Nouvelle-Angleterre en collectant des livres de sorts dans des librairies d'occasion.

Il attendait actuellement son procès, en liberté sous caution. Dans l'ensemble, les familles de sorciers le tenaient à distance prudente.

Alice Good, la mère de Liam, fit tinter sa fourchette contre le bord de son verre de vin, faisant mourir le murmure des conversations autour de la table. Liam était assis d'un côté de moi, sa mère et son père aux extrémités opposées de la table. Mes parents étaient en face de nous, avec Tante Lea et Jacob à leurs côtés. Opal et Theo Good, ainsi qu'Albert Bishop, sa femme, et Sally et Rae Bishop étaient également présents. Sally et Rae étaient des invitées d'honneur car elles avaient aidé à déterminer ce qui manquait à The Ink Spot. Cela nous avait aidés à nous concentrer sur l'ancienne famille de Richard. Celia et Delia, ainsi que ma cousine Emma complétaient la liste des invités. Daniel avait décliné l'invitation. Il préférait garder une distance professionnelle quand il s'agissait de ses enquêtes.

En regardant autour de la table, je sentis un sentiment de justesse m'envahir. Nous étions un groupe hétéroclite, mais tout le monde croyait à la magie. Tante Lea me sourit tandis que ma mère me fit un clin d'œil. Pendant un instant, je me demandai pourquoi elles souriaient ainsi, puis je sentis le poids du bras de Liam sur mes épaules.

J'aurais pu lever les yeux au ciel. Malgré leur promesse de ne pas nous harceler, elles le faisaient de façon subtile.

— Eh bien, dit Opal, nous nous en sommes occupés, n'est-ce pas ?

La mère de Liam était discrète, mais elle tirait toujours les ficelles en coulisse. Nous avons découvert après coup qu'elle avait discuté avec Beatrice tout du long et qu'elle avait Richard à l'œil.

— Je ne sais pas si nous devrions même le laisser rester à Charm Cove, intervint Tante Lea.

Mon père jeta un coup d'œil et haussa les épaules.

— Nous ne pouvons pas faire grand-chose à ce sujet.

— Je pense qu'il vaut mieux savoir où il est. Je ne pense pas qu'il soit vraiment un mauvais gars. Je crois qu'il ressent juste un peu de ressentiment face à la perte de pouvoir de sa famille. Je veux dire, Abby est dans la même situation que lui, et elle n'est pas dangereuse, ajouta ma mère.

Opal hocha la tête.

— Je suppose que tu as raison.

— Elle vient régulièrement au magasin. Je pense qu'elle prévoit de rester dans la région maintenant. Elle m'a dit qu'elle doit retourner au New Hampshire pour quitter son emploi et trouver quoi faire comme travail ici. Soit nous laissons Richard s'éloigner sans savoir où il est, soit il reste ici après sa peine, et nous avons une idée de ce qui se passe avec lui.

Tante Lea souffla mais n'argumenta pas davantage. Elle fit une pause pour boire une gorgée de vin, son regard se posant sur Delia et Celia. Je savais qu'elle se sentait protectrice en raison de leur implication dans la chute de Richard, pour ainsi dire. La conversation passa à autre chose après que l'une des jumelles ait commenté qu'elle mourait de faim.

Plus tard cette nuit-là, des heures après le dîner et après être retournés à ma maison-carrosse, je regardai Liam. Nous étions assis sur le canapé de mon salon avec Ghost qui ronronnait à tout va sur ses genoux.

Liam se tourna, ses yeux croisant les miens. Avec un clin d'œil, le coin de sa bouche se releva. Mon ventre fit docilement un salto chaque fois qu'il faisait ça, et je me demandai ce que l'avenir nous réservait.

Merci d'avoir lu Hex Me Not - Édition française ! Si vous souhaitez être informé(e) de mes nouvelles parutions et autres actualités, inscrivez-vous à ma newsletter : subscribepage.io/35IYqX

Pour plus de bêtises, de magie et de chaos à Charm Cove, tournez la page pour un aperçu de Spells & Silver Bells, le prochain livre de la série Wicked Good Mystery !

EXTRAIT : SPELLS & SILVER BELLS

MOIRA WICKED

Debout devant mon comptoir de cuisine, je savourais une longue gorgée de vin. J'étais seule ce soir car Liam était parti à Boston pour quelques jours. Thanksgiving approchait et il neigeait dehors. J'adorais ces premières neiges, si jolies quand elles givrent le paysage. Verre de vin à la main, j'enfilai une paire de bottes pour me tenir chaud aux pieds, puis sortis sur ma terrasse arrière.

La lumière résiduelle qui filtrait par les fenêtres faisait scintiller les flocons traversant l'obscurité. On aurait dit que le ciel saupoudrait de la poussière de fée.

Je pris une profonde inspiration, avalant l'air froid en frissonnant légèrement. La neige qui tombait brouillait l'éclat de la lune. L'océan qui s'étendait au loin n'était pas visible, seul le bruit des vagues roulant sur le rivage parvenait jusqu'à moi.

Alors que je me tournais pour rentrer, j'entendis un craquement lointain et des voix qui appelaient. Puis tout redevint silencieux. Comme j'avais déjà bu plusieurs verres de vin quand ma cousine Emma et ma meilleure amie, Zoe, étaient venues dîner plus tôt, je restai sur la terrasse pendant quelques instants supplémentaires, attendant de déterminer si j'entendais autre chose. Seuls le bruit des vagues se brisant et la légère chute de neige me parvenaient. Une petite bourrasque balaya la terrasse, faisant voler mes cheveux dans tous les sens.

Pensant que j'avais dû rêver, je secouai rapidement la tête et me retournai pour rentrer. Incapable de dissiper mon sentiment de malaise, je ne pus résister à l'envie de descendre jusqu'au rivage. Quelques instants plus tard, arrivée sur la falaise, je scrutai l'océan, examinant la côte obscure.

Dans un scintillement de lumière argentée à travers les nuages, mon souffle se bloqua dans ma gorge quand j'aperçus un bateau échoué contre les rochers, à courte distance sur le rivage. Sortant mon téléphone de ma poche, j'appelai rapidement Daniel Lévesque, le chef de la police de Charm Cove.

Après avoir signalé l'accident de bateau, je me précipitai sur le sentier rocailleux menant à la plage. Même dans l'obscurité, avec la neige qui tombait et rien d'autre que la lumière brumeuse de la lune à travers les nuages pour me guider, je connaissais le chemin par cœur et descendis sans problème. Courant sur le sable, j'appelai à voix haute, espérant que quelqu'un me réponde. Je *savais* que je venais d'entendre des voix.

Pas un son ne me revint.

J'atteignis le bateau en question. C'était un bateau de pêche — il y en avait des centaines dans cette partie du Maine. Comme la plupart des petites villes côtières de la région, Charm Cove possédait un port et de nombreuses familles qui vivaient de la mer.

L'âge d'or de la pêche commerciale dans le Nord-Est était depuis longtemps révolu, mais cela ne changeait rien au fait que la pêche était un mode de vie dans le Maine. J'envisageai de grimper dans le bateau fracassé mais décidai que ce n'était probablement pas sage. Du moins, pas avant que quelqu'un d'autre n'arrive. Même si je pouvais utiliser ma magie pour me téléporter à l'intérieur et en ressortir si quelque chose tournait mal, je pourrais quand même avoir des ennuis.

En examinant la petite cabine du bateau, il me semblait tout à fait possible que tout le monde ait survécu. En fait, je m'attendais à ce que ce soit le cas. Seule la proue du bateau s'était fendue là où il s'était écrasé contre les rochers. Le reste du bateau était intact.

Pendant que j'attendais, mon téléphone vibra dans ma poche. En le sortant, je vis le nom de Liam sur mon écran. Il était plus de minuit, alors je n'avais aucune idée de la raison pour laquelle il m'appelait à cette heure.

Inquiète, je glissai mon doigt sur l'écran et portai le téléphone à mon oreille.

— Hé ! Tout va bien ?

— C'est justement pour ça que je t'appelle. Nathan vient de m'appeler. Il ne savait pas que j'étais hors de la ville. Le phare a cessé de fonctionner, dit Liam, faisant référence au phare Beacon's Charm. Le cousin de Liam, Nathan, gérait le phare. Techniquement, il fonctionnait à la magie et ce, depuis sa création il y a plusieurs siècles.

Si le phare avait cessé de fonctionner, nous avions un vrai problème.

— D'accord, c'est bizarre. Je suis sur la plage parce que j'ai entendu un craquement et des voix. Il y a un bateau de pêche sur les rochers, et personne n'est là. Je viens d'appeler Daniel.

Je m'interrompis en voyant une lumière vive descendre de la falaise derrière ma maison, et le son de voix qui me parvenait.

— Il arrive sur la plage en ce moment. Je devrais y aller.

— Je rentre maintenant. Je serai là dans quelques heures. Sois prudente, dit Liam alors que je raccrochais.

Que diable se passait-il ? La magie du phare s'était éteinte, et un bateau de pêche s'était écrasé. Pour ajouter à ces événements étranges, pour autant que je puisse en juger, il n'y avait personne aux alentours, même si j'étais persuadée d'avoir entendu des voix provenant d'ici quelques minutes plus tôt.

Plusieurs lumières apparurent derrière Daniel, des faisceaux lumineux bondissant dans l'obscurité tandis qu'ils descendaient la falaise et la plage vers moi. En un rien de temps, mes deux parents étaient là, ainsi que Daniel, Tante Lea, Oncle Jacob et Nathan Good. Nathan semblait très préoccupé et annonça immédiatement à tout le monde que la magie du phare était morte.

Toutes les têtes pivotèrent vers lui.

— Quoi ? demanda Jacob, le ton sec.

— Exactement ce que je viens de dire.

— C'est impossible ! déclara ma mère. Il fonctionne à la magie. Le sort pour ce phare a été lancé il y a des siècles. Il a toujours été incassable.

Un murmure parcourut le groupe, et ce sentiment de malaise en moi devint plus fort.

Un accident de bateau, un phare en panne et aucune trace des voix que j'avais entendues. Oh, et Noël était pour bientôt.

1-click. Spells & Silver Bells

Si vous souhaitez être informé(e) de mes nouvelles publications et autres actualités, inscrivez-vous à ma newsletter : subscribepage.io/35IYqX

A Stormy Spell
A Stitch of Magic
Bee Charmed
Mystères Cozy de Lemon Tea
Witch You Wouldn't Believe
A Spell to Tell
Witch is When it Gets Crazy

Lucy May adore le café, les chiens, la cuisine et l'écriture. C'est une Sudiste égarée qui vit dans le Maine. Elle a appris à aimer les quatre saisons, mais elle regrette toujours les étés paisibles du Sud. Elle aime penser qu'elle aurait pu être une sorcière dans une autre vie et croit toujours à la magie. Elle passe son temps à créer des histoires paranormales drôles, sarcastiques et sexy.

Facebook